Scholastique Mukasonga • **Frau auf bloßen Füßen**

PH
V

SCHOLASTIQUE
MUKASONGA

Frau auf bloßen Füßen

Aus dem Französischen von
Gudrun und Otto Honke

Peter Hammer Verlag

Für alle Frauen,
die sich in dem Mut
und der beharrlichen Hoffnung
Stefanias wiedererkennen werden

OFT HIELT MEINE MUTTER mitten in einer der unzähligen Tätigkeiten inne, die sich im Tagesablauf einer Frau aneinanderreihen (den Hof fegen, Bohnen enthülsen, verlesen, Hirse jäten, den Boden umgraben, Süßkartoffeln ausgraben, Bananen vor dem Kochen schälen ...), und sie rief uns, uns, die drei Jüngsten, die noch zu Hause lebten, doch nicht bei den Namen, die wir bei der Taufe erhalten hatten, Jeanne, Julienne, Scholastique, sondern bei unseren wirklichen Namen, die uns unser Vater bei der Geburt gegeben hatte und deren Bedeutung, die immer der Interpretation unterlag, auf unsere Zukunft zu verweisen schien: »Umubyeyi, Uwamubyirura, Mukasonga!« Mama sah uns an, als würde sie für lange Zeit von uns fortgehen, als würde sie, die sich selten vom Grundstück entfernte, nie von ihrem Feld wich außer sonntags, um zur Messe zu gehen, sich auf eine lange Reise vorbereiten, als wäre es das letzte Mal, dass sie uns sah, uns alle drei, um sich versammelt. Und sie sagte uns mit einer Stimme, die sich nicht wie die ihre anhörte, als käme sie aus einer anderen Welt, und die uns mit Angst erfüllte: »Wenn ich sterbe, wenn ihr seht, dass ich tot bin, müsst ihr meinen Körper bedecken. Niemand darf meinen Körper sehen, den Körper einer Mutter darf man nicht den Blicken preisgeben. Ihr, meine Töchter, müsst ihn bedecken, es ist allein eure Aufgabe. Niemand darf den Leichnam einer Mutter sehen, andernfalls wird es euch verfolgen … euch bis zu eurem eigenen Tod keine Ruhe lassen, wenn auch ihr jemanden braucht, der euren Körper bedeckt.«

Diese Worte machten uns Angst, wir verstanden sie nicht – und auch heute bin ich mir nicht sicher, ob ich sie verstehe –, aber sie ließen uns vor Schrecken erstarren. Wir waren in dem festen Glauben, wir müssten unablässig über Mama wachen und uns, sollte der Tod sie jäh ereilen, bereithalten, sie mit ihrer *pagne* zu bedecken, damit niemand einen Blick auf ihren leblosen Körper werfen könnte. Und es ist wahr, dass der Tod beharrlich um die nach Nyamata Deportierten herumschlich, doch uns, den kleinen Mädchen, schien es, dass er vor allem unsere Mutter bedrohte, wie ein lautloser Leopard, der seiner Beute auflauert. Unsere Besorgnis folgte ihr den ganzen Tag über. Mama stand als Erste auf, lange bevor wir erwachten, sie machte zunächst einen Rundgang durchs Dorf, und mit Beklemmung warteten wir auf ihre Rückkehr, endlich beruhigt, wenn wir sie zwischen den Kaffeesträuchern erblickten, wie sie sich im taufrischen Gras die Füße säuberte. Wenn wir Wasser oder Holz holen gingen, sagten wir zu der, die zu Hause blieb: »Pass bloß gut auf Mama auf!« Und bei unserer Heimkehr kamen wir erst zur Ruhe, wenn wir sie unter dem Maniokbaum beim Enthülsen der Bohnen sahen. Am schlimmsten war es aber in der Schule, wenn mich die Schreckensbilder überfielen und den Unterricht des Lehrers verdunkelten: Mamas Leichnam, der vor dem Termitenhügel lag, wo sie für gewöhnlich saß.

Ich habe den Körper meiner Mutter nicht mit ihrer *pagne* bedeckt. Niemand war da, um ihn zu bedecken. Vielleicht haben die Mörder um ihren Leichnam herumgestanden, den ihre Macheten zerstückelt hatten. Vielleicht haben von Menschenblut trunkene Hyänen und Hunde sich an ihrem Fleisch satt gefressen. Ihre armseligen Überreste haben sich in der Pestilenz des riesigen Massengrabs im Völkermord aufgelöst, und heute, aber auch das weiß ich nicht, sind sie möglicherweise im Durcheinander eines Beinhauses nur Knochen zwischen Knochen, Schädel zwischen Schädeln.

Mama, ich war nicht da, um deinen Körper zu bedecken, und ich habe nur Worte – Worte einer Sprache, die du nicht verstanden hast –, um zu tun, worum du gebeten hattest. Und ich bin allein mit meinen schwachen Worten, und auf den Seiten meines Buchs weben meine Sätze, wieder und wieder, das Leichentuch für deinen verlorenen Körper.

1

Die Kinder retten

VIELLEICHT HOFFTEN die Hutu-Behörden, die von den Belgiern und der Kirche an die Spitze des seit Kurzem unabhängigen Ruanda gesetzt worden waren, dass die Tutsi in Nyamata nach und nach von Schlafkrankheit und Hunger dezimiert würden. Die Region, die man für ihre Zwangsumsiedlung gewählt hatte, die Bugesera, schien jedenfalls so unwirtlich, dass das Überleben der »Binnenvertriebenen« mehr als unsicher war. Und doch überlebten die meisten. Mit ihrem Mut, ihrer Solidarität trotzten sie der feindlichen Savanne, kultivierten ein kleines Stück Land, das sie zwar nicht ganz vor der Hungersnot bewahrte, aber ausreichte, um am Leben zu bleiben. Und nach und nach wurden aus den behelfsmäßigen Häusern der Vertriebenen Dörfer – Gitwe, Gitagata, Cyohoha –, wo die Menschen sich nach Kräften in einem trügerischen Alltag einrichteten, der das quälende Leid des Exils indes kaum zu lindern vermochte.

Die Tutsi von Nyamata begriffen jedoch bald, dass das prekäre Überleben, das man ihnen dem Anschein nach zugestanden hatte, nur ein Aufschub war. Die Soldaten vom Militärcamp in Gako, das zwischen den Dörfern und der nahen Grenze zu Burundi errichtet worden war, sollten sie daran erinnern, dass sie nicht mehr Menschen waren, sondern *inyenzi*, Kakerlaken, die man beliebig und straffrei verfolgen und letztlich ausrotten konnte.

Ich habe noch die Soldaten von Gako vor Augen, wie sie ins Haus eindrangen, indem sie mit einem Kolbenschlag das Wellblech umstießen, das als Tür diente. Sie suchten, so gaben sie vor, nach einem Foto von König Kigeri oder nach im Geheimen empfangenen Briefen von Geflüchteten aus Burundi oder Uganda. Das alles war natürlich nur ein Vorwand. Schon vor langer Zeit hatten die nach Nyamata Vertriebenen alles verschwinden lassen, was sie hätte in Gefahr bringen können.

Ich weiß nicht, wie oft die Soldaten gekommen sind, unsere Häuser geplündert und die Bewohner in Angst und Schrecken versetzt haben. All diese Gewalttaten hat mein Gedächtnis zu einer einzigen Szene verdichtet. Es ist wie ein Film, der wieder und wieder abläuft. Die immer gleichen Bilder, die die Angst des kleinen Mädchens in meine Albträume eingegraben hat.

Zunächst ist es eine friedliche Szene, die in meiner Erinnerung aufsteigt. Die ganze Familie ist in dem einzigen Raum versammelt, um die drei Steine des Herdfeuers herum. Es ist in den großen Ferien, im Juli oder August, in der Trockenzeit, denn André und Alexia, die weit entfernt von Nyamata die Sekundarschule besuchen, sind auch da. Die Nacht ist angebrochen, doch es ist keine Vollmondnacht, denn wir haben uns nicht in den Hof hinter dem Haus gesetzt, um seine Helligkeit zu nutzen. Alles kommt mir merkwürdig still vor, als wären wir noch nie dem brutalen Überfall der Soldaten ausgesetzt gewesen. Anscheinend hat Mama noch keine der ungewöhnlichen Vorsichtsmaßnahmen getroffen, von denen ich gleich erzählen werde. Ich finde jeden an seinem vertrauten Platz. Stefania, meine Mutter, hockt an der Wand zum Hof hin auf ihrer Matte. Alexia ist ganz nah beim Feuer, vielleicht versucht sie im flackernden Schein der Flammen zu lesen, in dem Buch, das sie aus der Schule mitgebracht hat, vielleicht tut sie nur so. Ich kann meinen Vater am anderen Ende des Raums, im Halbdunkel, nicht erkennen; ich höre nur das monotone, ununterbrochene Murmeln des Rosenkranzes, den er nicht enden wollend herabbetet. Julienne, Jeanne und ich sitzen aneinandergedrängt nahe der Eingangstür, die auf die Piste führt. Mama hat uns gerade den gemeinschaftlichen Teller mit Süßkartoffeln hingestellt. Doch wir haben noch nicht angefangen zu essen. Wir hängen an den Lippen Andrés, der auf dem einzigen Stuhl im Haus vor dem kleinen Tisch sitzt, den Antoine, unser ältester Bruder, extra für ihn, den Oberschüler, den Jungen, die Hoffnung der Familie, gezimmert hat. Er erzählt Geschichten von der Sekundarschule, und das ist für uns wie Nachrichten aus einer fernen, wunderbaren, unerreichbaren Welt, und das bringt uns zum Lachen, Lachen, Lachen …

Und plötzlich ist da das Krachen des Türblechs, das umstürzt: Ich habe eben noch die Zeit, nach meiner kleinen Schwester zu greifen und mich mit ihr zur Seite zu werfen, um dem Stiefel auszuweichen, der ihr Gesicht streift, dem Stiefel, der die Süßkartoffeln zertrampelt und den Metallteller wie Pappe zusammendrückt. Ich mache mich so klein, wie ich kann, ich wünschte, ich könnte mich in den Boden eingraben, ich verberge Jeanne unter einem Ende meiner *pagne*, ich unterdrücke ihr Schluchzen, und als ich es wage, den Blick zu heben, sehe ich drei Soldaten, die die Körbe und Krüge umstoßen und die Matten, die wir von der Decke heruntergehängt hatten, in den Hof werfen.

Einer von ihnen hat André gepackt, zerrt ihn zur Tür (mir ist, als sähe ich den Körper meines sich wehrenden Bruders langsam, ganz langsam, vor meinem Gesicht vorbeischweben), und mein Vater stürzt herbei, als könnte er den Soldaten zurückhalten, und ich höre die Schreie meiner Mutter, von Alexia. Mit aller Kraft kneife ich die Augenlider zu, damit ich nichts sehe. Alles verschwimmt, ich möchte in die tiefsten Tiefen der Erde versinken …

Die Stille lässt mich meine Augen wieder öffnen. Mein Vater hilft André auf. Sein Gesicht ist von den Schlägen, die auf ihn niedergeprasselt sind, schmerzverzerrt. Meine Mutter und Alexia heben die auf dem Boden verschütteten Bohnen auf. Jetzt gibt es bei den Nachbarn den gleichen Lärm von Stiefeln, die gleichen Schreie, die gleichen Tränen, das gleiche Getöse zerbrechender Krüge …

*

Meine Mutter hatte nur einen Gedanken im Kopf, denselben Plan Tag für Tag, nur einen einzigen Grund für das Überleben: die Rettung ihrer Kinder. Dafür entwickelte sie alle möglichen Strategien, legte sich jede Taktik zurecht. Wir mussten fliehen, mussten uns verstecken. Und am besten war es offensichtlich, sich in das dichte Dornengestrüpp zu flüchten, das unser Feld begrenzte. Allerdings musste man genug Zeit dazu haben. Mama achtete stets auf Geräusche. Seit dem Tag, an dem unser Haus in Magi niedergebrannt worden war, dem Tag, an dem sie den dumpfen Lärm des Hasses vernommen hatte, wie das Brummen eines monströsen Schwarms, der sich auf uns zubewegte, hatte sie, wie mir schien, einen sechsten Sinn entwickelt, den des Beutetiers, das ständig auf der Hut ist. Sie konnte von sehr weit her das Geräusch von Stiefeln auf der Piste erkennen. »Hört ihr«, sagte sie, »da sind sie wieder.« Wir spitzten die Ohren. Wir hörten nur die vertrauten Geräusche der Nachbarschaft, das gewohnte Rauschen der Savanne. »Sie kommen«, sagte meine Mutter hastig, »rennt los und versteckt euch.« Oft blieb ihr nur die Zeit, uns ein Zeichen zu geben. Wir stürzten in das schützende Gebüsch, und schon bald sahen wir von unserem Versteck aus die Patrouille am Ende der Piste, und zitternd fragten wir uns, ob sie in unser Haus eindringen, unsere armselige Habe verwüsten und plündern würde, die wenigen Körbe voll Hirse oder Bohnen, die paar Maiskolben, die wir unvorsichtigerweise als Reserve behalten hatten.

Aber wir mussten auf alles gefasst sein: Die Soldaten konnten schneller auftauchen, als das doch so scharfe Gehör meiner Mutter sie wahrnahm. Für den Fall, dass uns nicht die Zeit bliebe, in den Busch zu fliehen, hatte sie mitten auf den Feldern Flächen mit Buschwerk, einem Berg trockener Grasbüschel, ein undurchdringliches Dickicht belassen, in dem nur wir, die kleinen Mädchen, uns zusammenkauern konnten, wenn Alarm gegeben würde. Im Busch hatte sie Verstecke ausgemacht, die ihr als die sichersten erschienen. Ihr waren die tiefen Höhlen aufgefallen, die die Erdferkel gruben. Sie ließ sich nicht davon abbringen, dass wir dort hineinschlüpfen könnten, und da es notwendig schien, erweiterte sie mit Antoines Hilfe den Stollen und tarnte den Eingang unter einem Haufen

Gras und Zweigen. Jeanne machte sich noch kleiner, als sie ohnehin schon war, um in den Bau des Erdferkels zu kriechen. Trotz der Hilfestellung und Ermunterung meiner Mutter gelang ihr das nicht immer. Ein wenig besorgt fragte ich Stefania, was passieren würde, wenn das Erdferkel zurück in seinen Bau wollte. Ich habe vergessen, was sie mir geantwortet hat.

Mama überließ nichts dem Zufall. Oft hielt sie bei Einbruch der Dunkelheit eine Generalprobe ab. So wussten wir genau, wie wir uns im Dornengestrüpp verbergen, wie wir uns unter das trockene Gras ducken konnten. Selbst in der Panik, wenn das Stampfen der Stiefel auf der Piste in unseren Ohren dröhnte, steuerten wir unbeirrt auf das Dickicht oder auf die Höhlen zu, wo wir nach Mamas Anweisungen gelernt hatten, uns zu verkriechen.

Die Häuser der Vertriebenen hatten nur eine Tür, die auf die Piste führte. Um uns mehr Möglichkeiten zur Flucht zu geben, ließ sie eine weitere einbauen, die auf das Feld und den Busch hinausging. Doch diese Tür, mehr oder weniger verborgen wie die von ihr im Gebüsch angelegten Verstecke, war bald nicht mehr von Nutzen. Als die Soldaten aus dem Camp von Gako das unglückliche Eindringen der *inyenzi* – Tutsiflüchtlinge aus Burundi – mithilfe von Hubschraubern endgültig abgewehrt hatten, mussten sie keine Angriffe oder Hinterhalte mehr fürchten. Sie folgten nun nicht mehr nur der Piste, worauf sie sich bisher beschränkt hatten, sondern fuhren willkürlich im ganzen Busch Patrouille, bis hin zur Grenze nach Burundi. Jetzt konnte die Gefahr von der Piste als auch vom Busch herkommen, und unsere dornenreichen Verstecke waren nicht mehr die sicheren Zufluchtsorte, die meine

Mutter hatten aufatmen lassen. Also scheute sie keine Mühe, sich auch im Hausinnern Verstecke für uns auszudenken. An die Lehmwände stellte sie große Tonkrüge, große Körbe, die fast so hoch waren wie Getreidespeicher, hinter die Julienne und Jeanne sich zwängen konnten, wenn die Soldaten gewaltsam eindrangen. Ich selbst war schon zu groß, um mich im Schutz der schwarzen Bäuche der Krüge oder der eleganten Rundung der Körbe zu verbergen. Mir blieb nur die Möglichkeit, mich unter das Bett der Eltern zu flüchten. Diese Verstecke dienten vor allem dazu, uns in Sicherheit zu wiegen, denn in Wahrheit täuschten sie niemanden, am allerwenigsten die Soldaten, die uns mit Fußtritten schnell aufgestöbert hatten und uns als Kakerlaken oder kleine Schlangen beschimpften.

*

Mama war mit ihren Überlebensstrategien nie ganz zufrieden. Sie grübelte unablässig weiter darüber nach, wie sie ihre Tarnung verbessern, wie sie andere Schlupfwinkel für uns finden könnte. Gleichwohl wusste sie tief in ihrem Innern, dass unser Überleben nur dann gesichert war, wenn wir über die Grenze nach Burundi gingen, wie es schon so viele Tutsi getan hatten. Doch dieses Exil zog sie nie für sich in Betracht. Weder mein Vater noch meine Mutter dachten jemals daran, nach Burundi zu flüchten. Ich glaube, sie hatten sich dafür entschieden, in Ruanda zu sterben. Eines Tages würden sie dort getötet werden, würden sich dort hinschlachten lassen. Die Kinder aber, die mussten überleben. Also traf auch meine Mutter Vorbereitungen für unsere Flucht nach Burundi, sollte der Notfall eintreten. Sie streifte allein durch den Busch und erkundete die Wege, auf denen wir die Grenze erreichen konnten. Dort hinterließ sie Markierungen, und unter ihrer Anleitung mussten wir, ohne zu verstehen, warum, eine merkwürdige Schnitzeljagd veranstalten.

Zu Hause war alles vorbereitet für den großen Aufbruch, der jeden Augenblick beschlossen werden konnte: aufgrund eines Gerüchts aus Nyamata über ein Massaker, aufgrund einer Schießerei in der Nacht, aufgrund von Drohungen des Ortsvorstehers, der Verhaftung eines Nachbarn … Immer lagen ein paar Süßkartoffeln, Bananen, eine kleine Kalebasse mit Hirsebier, in ein Stück Stoff gewickelt, bereit. Dieses Bündel war für die, denen die Flucht gelingen und die den Weg nach Burundi finden würden. Es war die Wegzehrung für das Exil, und wir, meine Schwestern und ich, scheuten den Blick darauf, denn es galt uns als schlechtes Omen und erinnerte an das uns bevorstehende Unglück.

Was meiner Mutter aber noch größere Sorgen bereitete, waren Alexia und André. Sie wohnten nicht zu Hause. Sie waren in der Sekundarschule und kamen nur in den Ferien nach Hause. Mama malte sich das Schlimmste aus: Eines Tages würden Alexia und André, wenn sie von der Schule zurückkämen, niemanden mehr vorfinden; das Haus wäre geplündert worden, niedergebrannt, sie selbst und Cosma wären getötet worden, von den drei Mädchen hätte es die eine oder andere geschafft, den Mördern zu entkommen, so hoffte sie zumindest, und wäre nach Burundi geflohen. Doch was sollte aus Alexia und André werden? Sie mussten nach ihrem langen Fußmarsch von ihren Schulen bis nach Hause erst wieder Kräfte sammeln, genügend Kraft, um den Weg zur Grenze zu bewältigen und den Gefahren zu trotzen, die ihnen unterwegs auflauerten, den Patrouillen, den Elefanten, den Büffeln … Folglich vergrub sie an mit ihnen verabredeten Stellen unter einem Stein, in der Nähe eines Baumstumpfs Proviant, Bohnen, Süßkartoffeln. Ich half ihr, das Loch zu graben, es mit feinen Gräsern auszukleiden und für etwas Belüftung zu sorgen. Natürlich musste der Proviant oft ausgetauscht werden, und wir aßen dann eine Mahlzeit, die aus mütterlicher Liebe schon ein wenig verdorben war.

⋆

Auf gar keinen Fall durften wir uns überraschen lassen, und für meine Mutter war es von größter Wichtigkeit, immer zu wissen, was ringsum passierte. Und zuallererst in Nyamata, wo sich die Gemeindeverwaltung befand, die Mission mit ihrer großen Kirche, der Markt. Eindringlich befragte sie die Leute, die von dort zurückkamen, und suchte nach Anzeichen für eine drohende Verhaftungswelle oder für die nächsten Massaker. War ihnen etwas von einer Versammlung beim Bürgermeister zu Ohren gekommen oder hatten sie vor dem Gemeindebüro ein dickes Auto aus Kigali stehen sehen? Hatte jemand Militärlaster erblickt, die die Eisenbrücke über den Nyabarongo überquerten? Hatte es Zusammenrottungen auf dem Markt gegeben oder Prügeleien? Was erzählte man sich in den Kneipen? Und hatte Pater Canoni bei der Messe in seiner Predigt nicht ein wenig zu lange von Nächstenliebe gesprochen? Was erzählte der Lehrer, der ein Radio besaß? Stefania bewertete die Nachrichten mit aller Sorgfalt, entschlüsselte die Gerüchte und stellte Vermutungen an, ob eine Gefahr drohte oder nicht.

Wichtig war für meine Mutter auch, dass sie darüber Bescheid wusste, was bei den Nachbarn vor sich ging. Sie verdächtigte sie, dass sie ihre Flucht nach Burundi vorbereiteten, ohne ihr etwas davon zu sagen. »Eines schönen Morgens«, seufzte sie, »werden wir aufwachen und uns ganz allein wiederfinden. Sie sind dann alle nach Burundi geflohen, ohne uns ein Sterbenswort zu sagen.« Ihr Argwohn richtete sich vor allem gegen Pancrace, unseren unmittelbaren Nachbarn, der, wie sie meinte, heimlich Vorbereitungen für den Aufbruch betrieb: »Pancrace«, pflegte sie zu sagen, »ist ein Schlitzohr, bestimmt hat er einen Weg gefunden, seine Familie zu retten, aber er wird es niemandem verraten.« Unter dem Vorwand, Feuer zu holen (obwohl sie nach dem Aufstehen als Erstes nachsah, ob die Glut unter der Asche noch immer rot war), ein wenig Salz zu leihen, eine Handvoll Bohnen, eilte sie nach nebenan und vergewisserte sich unauffällig, dass nichts auf ein baldiges Weggehen hindeutete. Nicht lange, und sie war der Meinung, dass Pancrace einen Tunnel grub, der mitten in den Busch führte. Zusammen mit Antoine ging sie daran, es ihm gleichzutun und unter dem großen Bett der Eltern zu graben. Sobald Antoine am Wochenende vom Landwirtschaftsinstitut von Karama, wo er als Gärtner angestellt war, nach Hause kam – ohne dass sie ihm die Zeit ließ, sich von den zwanzig Kilometern Fußmarsch auszuruhen, die er gerade zurückgelegt hatte –, reichte sie ihm die Hacke und gab ihm, über den Rand des Lochs gebeugt, in dem Antoine allmählich verschwand, Anweisungen, denen er zwecks Verwirklichung ihrer Pläne nachzukommen hatte. Zum Glück für Antoine erwies sich die Operation Tunnel bald als undurchführbar, und die Arbeiten wurden umgehend eingestellt. Doch Mama ließ sich nicht davon abbringen, dass der erfinderische Pancrace, ohne es jemandem zu erzählen, andere Pläne ersonnen hatte, um sein Leben und das seiner Familie zu retten.

Die Wachsamkeit meiner Mutter ließ nie nach. Und abends, beim Essen, war sie doppelt aufmerksam. Denn die Soldaten überfielen meist bei Anbruch der Dunkelheit, manchmal auch im Morgengrauen die Gehöfte, plünderten die Häuser und terrorisierten die Bewohner. Es kam für sie daher nicht infrage, sich durch den gemeinsamen Teller Bohnen oder Bananen ablenken zu lassen. Stefania aß nie mit uns zusammen. Während wir bei der Mahlzeit saßen, lief sie bis an den Feldrand, wo die Savanne begann. Sie spähte durch das dichte Geäst der Dornbäume, lauschte auf das kleinste ungewöhnliche Geräusch. Wenn sie die Tarnuniformen der patrouillierenden Soldaten erkannte, kam sie eiligst zum Haus zurück und sagte uns: »*Twajwemo* – wir sind nicht allein.« Wir mussten dann still sein, durften uns nicht bewegen, bereit für den Hechtsprung in unsere Verstecke, in der Hoffnung, dass wir wenigstens an diesem Abend verschont bleiben würden.

Wenn Mama alles normal erschien, betrachtete sie uns lange schweigend. Es war ihr eine Genugtuung, wenn sie ihre Kinder beim Essen sah. Sie hatte sie vor dem Verhungern bewahrt, indem sie für ein paar Süßkartoffeln bei den einheimischen Bagesera gearbeitet, indem sie den feindlichen Busch in harter Arbeit zu Kulturland gemacht hatte. Jeden Tag trotzte sie dem unerbittlichen Schicksal, zu dem man uns verdammt hatte, weil wir Tutsi waren. Heute waren ihre Kinder noch immer am Leben und an ihrer Seite. Sie hatte sie dem Tod entrissen. Sie blickte uns drei an,

Julienne, Jeanne, Scholastique. An dem Abend waren wir am Leben. Es würde vielleicht keine anderen Abende geben.

*

»In Ruanda«, sagte Mama, »waren die Frauen stolz darauf, Kinder zu haben. Viele Kinder. Besonders Jungen. Doch in Nyamata zittern sie vor Angst, wenn sie gebären. Nicht um ihretwillen, sondern um ihrer Kinder willen. Besonders um der Jungen willen. Sie wissen, dass man sie töten wird. Dass man sie eines Tages, früher oder später, töten wird. Sieh nur Gaudenciana, die Nachbarin, die uns gegenüber wohnt, sie sollte stolz und glücklich sein. Alle Frauen im Dorf sollten sie beneiden. Sie hat sieben Kinder. Sieben Söhne. Was kann sich eine Mutter mehr wünschen? Aber sie blickt mit Traurigkeit, mit Verzweiflung auf ihre Söhne. Sie lässt sie nicht aus den Augen. Sie will auf gar keinen Fall, dass sie sich von ihr entfernen, sie lässt sie nicht zur Schule gehen. Sie schickt sie nicht einmal zum Wasserholen, sie hat Angst, dass sie vom Cyohoha-See nicht mehr zurückkommen. Sie sind noch nie nach Nyamata zum Markt gegangen, man könnte meinen, sie hätten nichts anderes zu tun, als auf den Tod zu warten. Und es geht nicht nur um die Jungen. Die Frauen, die Mädchen, sie kommen auch noch an die Reihe. Du weißt, wie sie Merciana getötet haben …«

Wie sie Merciana getötet hatten, jeder in Nyamata hatte es gesehen, jeder war Zeuge ihrer Ermordung geworden, und die Frauen hatten begriffen, dass auch sie nicht verschont würden, genauso wenig wie ihre Kinder. Das war geschehen, als die Vertriebenen noch zusammengepfercht in der Schule von Nyamata untergebracht waren. Die Familien hatten auf dem großen Hof kleine Hütten gebaut, um der bedrängenden Enge in den Klassenräumen zu entgehen. Merciana gehörte zu einer vornehmen Familie aus Magi. Wie alle anderen waren sie nach Nyamata deportiert worden, doch dem Vater, dem der Tod drohte, war die Flucht nach Burundi gelungen. Merciana war die eigentliche Familienchefin, eine »Entwickelte«, wie man damals sagte. Ich weiß nicht, wo sie die Schule besucht hatte, aber sie konnte lesen und schreiben. Schreiben können ist gefährlich, wenn du einen Vater hast, der in Burundi im Exil lebt. Man verdächtigt dich sofort, dass du in Korrespondenz mit den Exil-Tutsi stehst, die im Geheimen ihre Rückkehr nach Ruanda vorbereiten, dass du eine Spionin bist und Informationen an diejenigen weitergibst, die ihnen von dieser Seite der Grenze aus Unterstützung leisten könnten. Und vielleicht versteckst du Waffen. Die Helfershelfer des Bürgermeisters kamen ständig, verhörten Merciana und durchsuchten die elende Behausung. Wir hörten, wie Mercianas Brüder und Schwestern weinten, das Flehen ihrer Mutter. Und dann, eines Tages, sind sie mit zwei Soldaten gekommen. Sie haben Merciana ergriffen. Sie haben sie mitten in den Hof geschleift, dorthin, wo alle sie sehen konnten. Sie haben ihr die Kleider vom Körper gerissen. Sie haben sie nackt ausgezogen. Die Frauen haben ihre Kinder unter ihrer *pagne* verborgen. Die beiden Soldaten haben langsam ihr Gewehr geschultert. »Sie zielten nicht auf das Herz«, sagte Mama immer wieder, »nein, auf die Brüste, nur auf die Brüste. Sie wollten uns Tutsifrauen sagen: ›Schenkt keinem Kind mehr das Leben, denn ihr gebärt den Tod, wenn ihr ein Kind zur Welt bringt. Ihr tragt kein Leben mehr, sondern ihr überbringt den Tod.‹«

2

Die Tränen des Mondes

ES VERSTAND SICH VON SELBST, dass Stefania sorgfältig auf Vorzeichen achtete. Und davon gab es viele. Da waren die Zeichen am Himmel: Der Hof um den Mond, der, statt in der schönen Farbe von *ikimuri*, der Kuhbutter, zu leuchten, rötlich wurde wie Staub in der Trockenzeit; Wolken, die mit Blutspritzern gesprenkelt waren. Auch wurde das Wasser des Cyohoha-Sees plötzlich dickflüssig und braun, wie in Papas Bibel der Fluss in Ägypten unter Moses' Stab. Und die Raben: Sie stiegen aus dem Tal auf, aus den weiten Sümpfen, in die niemand hineingelangt. Ihre schwarzen Schwärme kreisten über dem Dorf, und wir verstopften uns die Ohren, damit wir ihr schrilles Kreischen nicht hörten. Es gab keinen Zweifel, sie waren Abgesandte der *abazimu*, der Geister der Toten, und ihre unheimlichen Schreie riefen uns zu: »Bald werdet ihr bei uns sein, im grauen Nebel der Toten, die über dem Papyrus hin und her treiben.«

Die Zeichen, die schlimmen Vorzeichen mehrten sich. Alten Frauen stieg plötzlich Milch in ihre ausgetrockneten Brüste, Säuglinge wollten den Mutterleib nicht verlassen. Zum Glück gab es mitunter Möglichkeiten, das Unglück abzuwenden. Stefania kannte die Pflanzen, die Gutes verhießen, und die Stellen im Haus, wo sie eine günstige Wirkung erzielten. Sie tauchte sie in Wasser und besprengte damit auch die Hecken, die Hof und Feld einfriedeten. Das Wasser für diese rituelle Reinigung durfte nur Regenwasser sein. Das Wasser aus dem Cyohoha-See hatte einen fauligen Geschmack und galt als Unheil bringend, es war das Gebräu des Unglücks. Wir kochten es ab, bevor wir es tranken, nicht aus Gründen der Hygiene, sondern nur, um die Bösartigkeit, die es in sich trug, zu vertreiben oder wenigstens abzuschwächen. Papa wandte Methoden an, die die katholische Orthodoxie nicht verurteilen konnte. Neben Mamas Pflanzen legte er Blätter, den Palmzweigen ähnlich, die die Priester am Palmsonntag gesegnet hatten. Wenn er den Verdacht hatte, dass die Kraft des Weihwassers mit der Zeit ein wenig verdunstet war, belebte er die Wirksamkeit des Palmzweigs, indem er auf das vertrocknete Blatt ein Tröpfchen Wasser aus Lourdes goss. Als Verantwortlicher der Legion Mariens hatte er von den Missionaren zusammen mit seiner Brille ein kleines Fläschchen davon bekommen.

⋆

Das schrecklichste aller Vorzeichen waren die Tränen, die der Mond vergoss.

Im Hof unseres Hauses in Gitagata gab es drei außergewöhnliche Pflanzen: außergewöhnlich wegen ihrer Größe und des Gebrauchs, den wir davon machten. Auf dem flachen Termitenhügel, der meiner Mutter als Sitzbank diente, war seltsamerweise ein Kaffeestrauch gewachsen. Da er mit Küchenabfällen gedüngt und mit dem Kochwasser von Bohnen begossen wurde, war er sehr groß geworden und diente als Sonnenschirm. Um uns mehr Schatten zu spenden, war im hinteren Teil des Hofs ein Maniokbaum gepflanzt worden: Unter seinen Blättern pflegten wir uns auszuruhen, wenn wir die Hirse und die Bohnen gedroschen hatten. Antoine hatte die Stecklinge aus Karama mitgebracht, und seine riesigen Blätter hatten nichts mit denen des Manioks zu tun, den wir auf unseren Feldern anpflanzten, obwohl die Ruander den giftigen Knollen dieses Gewächses, das die Belgier uns aufgezwungen hatten, skeptisch gegenüberstanden.

Mitten im Bananenhain, deutlich über dem dichten Blätterdach, erhob sich die dritte Pflanze, die mit einem Geheimnis behaftet war: Es war ein sehr, sehr hoher, sehr schlanker Rizinusbaum. Niemand wusste, woher der Samen gekommen war und wie er im dunklen Schatten des Bananenhains hatte Wurzeln schlagen können. Wir fragten uns, wie sein so langer, schlanker Stamm den Blättervorhang hatte durchbrechen können, wie es ihm gelungen war, seine so zierlichen Zweige in den Himmel zu erheben, bis sie, wie uns schien, den Mond berührten. Meine kleinen Schwestern und ich wollten unbedingt die Samenkörner essen: »Röste sie!«, baten wir Mama. Die Eltern weigerten sich. Ihrer Meinung nach war das keine »ehrbare« Nahrung. Ngoboka, der Heide, hatte uns heimlich die verbotene Frucht probieren lassen. Julienne und ich merkten schnell, dass wir einen vergleichbar schmackhaften Ersatz für die Erdnüsse gefunden hatten, die wir anbauten, aber nicht essen durften: Die gesamte Ernte verkauften wir auf dem Markt, und von dem Erlös wurden Salz und der blaue Stoff gekauft, aus dem Stefania die Schuluniformen schneiderte. Julienne und ich waren der Meinung, dass die Rizinussamen uns zustünden. Mama gab unseren hartnäckigen Bitten schließlich nach. »Wasser reinigt alles«, sagte sie wieder und wieder, als wäre es eine Beschwörung, während sie die Samen lange mit Regenwasser wusch, bevor sie sie trocknete, röstete und zu unserer größten Zufriedenheit an jede von uns eine Handvoll der so ersehnten Leckerei verteilte.

Auch wenn der Rizinusbaum das Objekt all unserer Begierden war, erfüllte er uns doch mit ebenso viel Schrecken. Denn auf seine Blätter fielen die Tränen des Mondes. Diese Tränen hatten die Farbe und Beschaffenheit weicher Butter, meinte Stefania, sie glitten über die Blätter, liefen dann in zähflüssigen Rinnsalen die Pflanze hinunter und verteilten sich in gelblichen Pfützen an ihrem Fuß. Das geschah immer bei Vollmond.

Niemals habe ich die Tränen des Mondes gesehen, auch meine Schwestern nicht. Stefania wollte sie uns um keinen Preis zeigen, da diese Butter, die vom Himmel fiel, ihrer Meinung nach nichts mit dem segensreichen Manna zu tun hatte, von dem sich in Papas Bibel das Volk Israel ernährte. Stattdessen war es ein böses Omen und kündigte an, dass der Familie die schlimmsten Unglücke widerfahren würden. »Der Mond hat wieder geweint«, verkündete sie uns, als wir aufstanden. Sie war lange vor dem Morgengrauen zu dem Unheil bringenden Baum geeilt. Die Mondbutter durfte auf keinen Fall bei den ersten Sonnenstrahlen schmelzen: »Sonst«, versicherte sie, »verbreitet sie sich überallhin!« Die Tränen des Mondes mussten rasch in einem Schlangenloch vergraben werden, wo man auch die Zähne unehelicher Kinder beerdigte. Diese Kinder werden nicht ausgestoßen, man zieht sie auf wie die anderen, doch sie könnten trotzdem Unglück über die Familie bringen, und dieses Risiko ist dann am größten, wenn sie ihre Milchzähne verlieren. Du musst die Zähne unbedingt einsammeln und sie so schnell wie möglich in einem Schlangenloch vergraben. So verschwanden sowohl die Tränen des Mondes als auch die Zähne unehelicher Kinder in der Höhle des Reptils, als wären sie von den Eingeweiden der Erde verschlungen worden.

Die Tränen des Mondes versetzten das Haus in schreckliche Unruhe. Wir waren sicher, dass die Soldaten kommen würden, und diesmal ginge es vielleicht schlecht aus, vielleicht nähmen sie Papa mit, auch Antoine und André, sollten sie zugegen sein. Und Papa und meine Brüder würden nicht wiederkommen, genau wie die Kaufleute und die Lehrer, die man 1963 verhaftet und nie wiedergesehen hatte. Und vielleicht würde ein Soldat anfangen zu schießen, man weiß ja nie, warum ein Soldat anfängt zu schießen … Mama überprüfte ihre Verstecke und ließ uns einmal mehr die zum Überleben notwendigen Reflexe üben, die sie uns eingeschärft hatte. Die Spannung stieg mit dem Fortgang des Tages. Die Eltern riefen uns lange vor Sonnenuntergang zum Essen. Das Haus wurde verbarrikadiert, obwohl das nicht viel nützte, wie jeder wusste. Die Eltern und Antoine blieben die ganze Nacht wach und hielten abwechselnd Wache. Von Zeit zu Zeit gingen sie nach draußen und beobachteten die Piste und den Busch, nie ließen sie in ihrer Wachsamkeit nach, stets bereit, uns das Signal zur Flucht zu geben. Und oft, so scheint es mir, war es nicht umsonst, dass der Mond Tränen vergoss.

3

Stefanias Haus

DIE HÄUSER DER VERTRIEBENEN standen hinter einer Reihe von Kaffeesträuchern entlang der Piste. Wir nannten sie Tripolo-Häuser. Tripolo ist zweifelsohne der Name eines Weißen. Ich habe nie erfahren, wer jener Tripolo war und ob er wirklich Tripolo hieß. Vielleicht war es ein Verwaltungsbeamter aus Nyamata oder ein Agronom, auf alle Fälle ein Belgier. Keiner der Geflüchteten hatte Tripolo je gesehen, aber sein Name diente als Kinderschreck. Wenn ein Kind dabei erwischt wurde, dass es Dummheiten machte, sagte seine Mutter: »Tripolo kommt dich holen.« Ich schloss die Augen und sah Tripolo mit seinem dicken Bauch, der über seinen Kaki-Shorts hervorquoll, seine Strümpfe, die bis zu den Knien gingen, wie er unter seinem Tropenhelm schwitzte, während er die Kinder jagte und dabei drohend die Peitsche – seine *ikiboko* – schwang. Jedenfalls erzählten die Leute, dass ebenjener Tripolo die Pfosten hatte setzen lassen, die die abgenutzten Wellblechteile stützten, aus denen die Vertriebenen ihre Bleibe errichten mussten.

Für Mama war das Tripolo-Haus kein richtiges Haus. Die Wände, die Papa und Antoine in Lehmbauweise zwischen den Pfosten errichtet hatten, waren zu gerade, zu rechtwinklig, sie bildeten zu scharfe Winkel, zu eckige Kanten, Stefania schien sich an ihnen zu stoßen, zu verwunden, wie ein Insekt in Panik. Orientierungslos suchte sie vergeblich nach einer Wölbung, an die sie sich anschmiegen konnte, wie sie es gewohnt war, nach einer Wölbung, an die sie, als sei sie dafür gemacht, ihren Rücken lehnen konnte. Sie verfluchte die rechteckige Tür, die anstandslos die Sonne eindringen ließ. »Wir wohnen draußen«, war ihre ständige Klage, »wie können wir essen, ohne dass Fremde vorbeikommen und uns tief in den Mund blicken?«, was für sie, wie für alle Ruander, der Gipfel der Obszönität war. Die zu jungen Kaffeesträucher konnten sie nicht vor indiskreten oder böswilligen Blicken schützen, die Nachbarn oder Passanten unweigerlich auf sie und ihre Kinder werfen würden. Das Tripolo-Haus war offen für jeden bösen Zauber, für alle tödlichen Bedrohungen, die auf der Familie lasteten. Mama fühlte sich der Schande und dem Unglück, für immer im Exil zu leben, schutzlos ausgeliefert.

⋆

Lange Zeit hatten die Vertriebenen gehofft, dass sie in ihre Heimat zurückkehren könnten, »nach Ruanda«, wie sie sagten. Doch nach den blutigen Repressalien in den ersten Monaten des Jahres 1963 verloren sie alle Illusionen. Sie hatten endlich begriffen – und die Soldaten von Gako waren da, um sie nötigenfalls daran zu erinnern: Niemals würden sie wieder den Nyabarongo überqueren, niemals würden sie sich wieder auf den Hügeln niederlassen, von denen man sie verjagt hatte. Sie waren zu ewiger Verbannung verurteilt, sie und ihre Kinder, verbannt in das Land der Schande und des Exils, was die Bugesera in der Geschichte Ruandas immer gewesen war. Eine Gegend, die in den Märchen ganz am Ende des von Menschen bewohnten Lands lag, wo man, wenn man den Überlieferungen Glauben schenkt, in die Irre geführt wurde, damit eidbrüchige Krieger, entehrte Mädchen und ehebrecherische Frauen nicht den Weg nach Ruanda zurückfanden. Am Rand der großen Sümpfe, wo die Geister der Toten bis in alle Ewigkeit umgingen und wo tatsächlich auf viele Geflüchtete der Tod wartete.

Nicht lange nachdem wir uns in Gitagata eingerichtet hatten, beschloss Stefania, dass die Zeit gekommen war, hinter dem Tripolo-Haus das *inzu* zu bauen, das Haus, das für sie so notwendig war wie Wasser für die Fische oder Luft für die Menschen. Nicht, dass sie sich nun mit ihrem Status als Vertriebene abgefunden hätte – damit fand sie sich niemals ab –, aber sie wusste, sie würde aus dem in althergebrachter Weise errichteten Heim immer so viel Mut und Kraft schöpfen, dass sie dem Unglück die Stirn bieten und genügend Energie auftanken könnte, um die Kinder vor einem Tod zu bewahren, den ein unbegreifliches Schicksal ihnen vorherbestimmt hatte.

Stefanias Haus, in dem sie ein wahrhaftiges Leben als Frau und Familienmutter führen konnte, war das Haus aus geflochtenem Stroh, wie ein Korbgeflecht, das *inzu* (und dafür werde ich den Namen auf Kinyarwanda beibehalten, denn im Französischen gibt es nur verächtliche Ausdrücke, um es zu beschreiben: Hütte, Behausung, Strohhütte …). Häuser wie das von Stefania gibt es heute in Ruanda kaum noch. Sie befinden sich nun in Museen wie die Skelette großer Tiere, die seit Millionen Jahren von der Erde verschwunden sind. Aber in meiner Erinnerung ist das *inzu* nicht eine leere Hülle, es ist ein Haus voller Leben, erfüllt von Kinderlachen, unbekümmertem Geschwätz junger Mädchen, summendem Gemurmel der Märchen, Knirschen des Mahlsteins auf den Hirsekörnern, Gluckern der Tröge, in denen das Bier gärt, und am Eingang das rhythmische Stampfen des Stößels im Mörser. Ich wünsche mir so sehr, dass das, was ich auf dieser Seite schreibe, der Weg sein möge, der mich in Stefanias Haus zurückführt.

In Stefanias Ruanda gibt es keine Dörfer. Die Häuser liegen verstreut an den Hängen der Hügel, verborgen unter dem dichten Blätterdach der Bananen. Die Umfriedung – der *rugo* – wird von einem hohen Flechtwerk aus Schilf und Bambus gebildet, das von Ficus- und Erythrina-Stecklingen abgestützt wird. Diese großen Hecken begrenzen die Halbkreise mehrerer ineinandergreifender Höfe. Der erste Hof ist eine Art Vorraum, wo der Besucher, wie es die Höflichkeit verlangt, vorstellig wird, seine Lanze in den Boden steckt und, wenn es eine Frau ist, die Körbe mit den Geschenken abstellt und die Aufforderung, doch bitte einzutreten, abwartet. Der zweite Hof, der größte, fast rund, ist der Bereich der Kühe: Sie werden mittags, während der heißesten Stunden, und abends, vor Einbruch der Dunkelheit, dort hineingebracht. Allein die Männer und die jungfräulichen Mädchen haben das Privileg, sie zu melken, und sorgfältig sammelt man den Kuhdung, dieses kostbare Material, in das man gern seine Hand hineinsteckt. Der dichte Rauch eines Feuers aus feuchtem Gras und getrocknetem Dung vertreibt die Parasiten, die sonst die Herde belästigen würden.

Die große Strohkuppel des *inzu*, die aussieht wie etwas, das aus der Erde aufsteigt, nimmt den hinteren Teil dieses Haupthofs ein. Um hineinzugelangen, muss man sich bücken, erst unter einer Art Schirm aus sorgsam geflochtenem Stroh, dann durch ausladende Wölbungen aus Schilf oder Papyrus, die die Tür einrahmen. Kann man sich wieder aufrichten, müssen sich die Augen erst an das milde, anheimelnde Dämmerlicht gewöhnen, bevor man die mütterlichen Rundungen des *inzu* entdeckt.

»Im *inzu* aber«, sagte Mama, »leiten dich nicht die Augen, sondern das Herz.« Ein konvexer, mit abstrakten Mustern verzierter Wandschirm trennt ein kleines Vorzimmer ab, in dem die kleinen Jungen schlafen, oft zusammen mit dem jüngst geborenen Kalb, andere Wandschirme bilden eine Art Alkoven, der das große Bett der Eltern verbirgt. An dessen Fuß, im Schutz des Paravents, schlafen die Mädchen, während die beiden jüngsten Kinder das Bett der Eltern teilen: das kleinste zwischen der Mutter und der Seitenwand des *inzu*, das größere an der Seite des Vaters, der über den Haushalt wacht, die Lanze griffbereit. Ein langes Regal schmiegt sich an die Rundung des Gewölbes – *uruhimbi* –, worauf man kostbare Gegenstände stellt: die Milchkannen aus dem Holz der Korallenbäume, die bauchigen Kalebassen, die der Butterherstellung dienen, die großen Körbe mit spitzen Deckeln. Unter dem Spiralgeflecht der Kuppel, in dem Becken, das die Hausherrin selbst gefertigt hat, glüht zwischen den drei Steinen das Herdfeuer.

In dem durch eine sichelförmige Palisade abgetrennten hinteren Hof befinden sich die Getreidespeicher. Hier ist das Reich der Familienmutter. Hier kocht sie. Hier hat sie ihren kleinen Garten, in dem sich Heilpflanzen und seltene, geschätzte Gemüsesorten mischen und einige Tabakpflanzen wachsen. Hier waschen sich sie und ihre Töchter. Hier empfängt sie ihre Freundinnen. Für die Töchter im heiratsfähigen Alter hat man hier ein kleineres *inzu* gebaut: Kein Mann darf hinein, nicht einmal der Vater. Unter einem einfachen Strohdach wurde im hinteren Hof auch einem Ahnenkult gehuldigt, indem man Opfergaben in eine winzige Mulde legte. In der Trockenzeit kündeten die leuchtenden Blüten des Korallenbaums von der Anwesenheit Ryangombes, des Herrschers über die Geister.

Manchmal grenzen die Höfe der verheirateten Söhne an den Haupthof, und das Ganze bildet ein verwirrendes Labyrinth von Umfriedungen, was die schöne Ordnung des ursprünglichen *rugo* durcheinanderbringt.

★

Natürlich konnte Stefania nicht die große Anlage errichten, die ich gerade beschrieben habe. Wir lebten nicht mehr oben am Hang des Hügels, von dem wir verjagt worden waren, sondern in der trockenen, staubigen Ebene der Bugesera, es gab keine Kühe, die wir jeden Abend nach Hause treiben mussten, von den Nachbarn trennte uns eine dünne Euphorbienhecke, kaum größer als Jeanne, die damals ungefähr fünf Jahre alt war: Weder der Bürgermeister noch die Soldaten hätten uns hohe Umfriedungen des *rugo* erlaubt, selbst wenn wir die Mittel dazu gehabt hätten. Also würde Stefanias *inzu* hinter dem Tripolo-Haus am Saum des Bananenhains – hier muss ich jetzt ein Wort verwenden, das ich verbannen wollte – nur eine einfache Hütte werden.

Es ist sicher keine leichte Sache, ein *inzu* zu bauen. Besonders, wenn man nur zu zweit ist. Stefania konnte nur auf Antoine zählen. Papa war wie immer mit den Problemen der Exilgemeinde beschäftigt und unterstützte das Vorhaben kaum. Er hatte einige von den Weißen mitgebrachte Neuheiten übernommen. Wenn er auch der makellos reinen *pagne* treu blieb, die die Würde der weisen Männer ausmacht (nie habe ich ihn Hosen tragen sehen), so schätzte er doch die neuen rechteckigen Häuser, ob sie nun aus Ziegeln oder Lehm gebaut waren. In Magi hatte er sich verschuldet, um ein Ziegelhaus bauen zu lassen, auf das sich der zerstörerische Hass der Hutu richtete, bevor wir es beziehen konnten. In Gitagata hatte er Trennwände in das Tripolo-Haus eingebaut. Übrigens hatte sich Mama daran beteiligt, indem sie die Wände mit Gelberde verputzte, die sie weit vom Dorf entfernt bei den Bagesera besorgt hatte; den Boden hatte sie mit einem Gemisch aus Lehm und Holzkohlestaub bestrichen. »Das ist wie die große Straße in Kigali«, meinte sie lachend, »wie ich gehört habe, Mukasonga, so ist er doch, der Asphalt, nicht wahr?« Gleichwohl schimpfte sie weiter auf dieses Haus der Weißen, das sie für einen »Ort ohne Geister« hielt.

Trotz der Schwierigkeiten ihres Vorhabens war Stefania entschlossen, das *inzu* zu errichten. Sicher, sie konnte die Nachbarn um Hilfe bitten, aber nur für das Zusammenfügen aller Teile und den Aufbau am Schluss. Vorher musste sie über die Baumaterialien verfügen und genügend Hirse- und Bananenbier zubereiten, damit sich am vorgesehenen Tag alle mit Eifer an die Arbeit machten und die Hauseinweihung feierlich begangen werden konnte.

Unter der Anleitung von Stefania, der Baumeisterin, wählte Antoine sorgfältig die biegsamen Stangen aus, die das Gerüst für das Strohdach bilden sollten; Tag für Tag türmte er Bündel Gras, Schilf und Papyrus aufeinander. Dann, als alles in ausreichender Menge vorhanden war, zog er auf dem Boden den großen Kreis für das *inzu*, grub in regelmäßigen Abständen die langen Stangen ein, die er durch eine kreisförmige Wand aus verflochtenen Bambusteilen miteinander verband.

Für das Dach benötigt man Hilfe: Üblicherweise zieht man die Nachbarn hinzu, mindestens ein Dutzend Männer und ebenso viele Frauen. Innerhalb der Bambuswand flechten sie das Gerüst der Wölbung, auf der das Strohdach ruhen wird. Es ist wie ein großer Korb, weit ausgestellt, und wenn es das Ausmaß des Kreises erreicht hat, wird es mit einem einzigen Pfahl angehoben und von Pfeilern dauerhaft gehalten, meist einem Dutzend, bisweilen mehr, je nach Größe des *inzu*. Nun müssen nur noch die langen Stangen heruntergebogen und zusammengebunden werden, und am Ende deckt man das Gerüst mit einem dichten Strohmantel ein, der mit großer Sorgfalt gerichtet und geglättet wird.

Du könntest nun annehmen, dass der Großteil der Arbeit getan und es Zeit ist für das fröhliche Feiern, das die mächtigen Krüge versprechen, die unter den Bananen warten. Und genauso geschah es. Meine Mutter wollte aber, dass ihr Haus, auch wenn es nicht so groß war, wie sie es sich gewünscht hätte, doch alle Raffinessen aufwies, die für die Würde der Familie unentbehrlich waren. So arbeitete sie noch lange an Verschönerungen, die sie für notwendig hielt. Sie verputzte die niedrige Bambuswand, die das Fundament des *inzu* darstellte, mit Lehm: Julienne und Jeanne, die mit ihren kleinen Beinen bis zu den Oberschenkeln darin eingesunken waren, stampften mit den Füßen die Erde, während Alexia und ich hin- und her gingen und das für die Mischung benötigte Wasser aus dem See herbrachten. Meine Mutter formte die Herdschale, sie flocht die Paravents, die sie mit schwarzer Asche und Kuhdung bemalte, den ich bei den Bagesera besorgte, mit schönen Motiven, die mich an die ausgebreiteten Flügel des Kronenkranichs erinnerten, und vor allem flocht sie das unendlich lange Band, das, zu einer Spirale gerollt und unter dem Dach befestigt, die Kuppel des *inzu* bildete.

★

Es war, als hätte Stefania dank ihres Hauses die Geltung und Autorität wiedererlangt, die die ruandische Tradition der Mutter einer Familie zuerkennt. Sorgfältig glättete sie einen trockenen Hirsehalm mit einem schönen goldenen Glanz und fertigte daraus wieder ihr *urugori*, das Diadem, das das hohe Haar der Frauen stützt, Symbol ihrer Fruchtbarkeit, Quelle des Segens für die Kinder und die ganze Familie. Sie trug es an Sonntagen in der Messe, und an den übrigen Tagen, wenn sie auf dem Feld arbeitete, hängte sie es an das *uruhindu*, die kleine Lanzenspitze, die zum Korbflechten verwandt und in eine der runden Papyrusverzierungen am Eingang gesteckt wurde. Das *urugori* war das Zeichen der mütterlichen Herrschaftsgewalt, die Stefania jetzt über das *inzu* ausübte und über alle, die darin wohnten. In ihrer Abwesenheit wachte das Hirsediadem über ihr Reich. Der Mahlstein, *urusyo*, fand schließlich den Platz, den er schon immer einnehmen sollte: rechts, unter dem Papyrusbogen. Am Fuß des *inzu* legte sie den Garten für Heilpflanzen neu an, den zu pflegen und auszuweiten sich jede vorausschauende Mutter zur Ehre anrechnete. In nutzbringender Nähe zum Garten pflanzte sie Bananen der erlesensten Sorten an. Und die Bananenstauden wurden wirklich so groß und so üppig, dass sie das Haus bald unter ihren glänzenden Blättern begruben. Am Herdfeuer konnte sie den unterbrochenen Faden ihrer Erzählungen wieder aufnehmen und die Heldentaten König Ruganzus aufs Neue feiern. Später, als ich in den großen Ferien aus dem Gymnasium nach Hause kam, begrüßte sie mich an der Türschwelle, indem sie mir mit gesenkter Stimme Grußworte sagte, die ich nicht verstand, die mich aber, da war ich mir sicher, während meines Aufenthalts in Gitagata unter den Schutz der Ahnen stellten.

Und tatsächlich verschonten die Soldaten meist Stefanias Haus; ich hatte immer den Eindruck, dass sie es mieden, so taten, als sähen sie es nicht. Das *inzu* war für sie vermutlich der Schlupfwinkel furchterregender Geister, deren unerbittlichem Fluch man sich besser nicht aussetzte.

Stattdessen fielen sie weiter über das Tripolo-Haus her. Von Mama aufgegeben, war es zu einer Art Empfangsraum geworden, in dem Papa mit den anderen weisen Männern aus dem Dorf Palaver abhielt, in dem Alexia und André, die Intellektuellen der Familie (der kleine Tisch, den Antoine für André gezimmert hatte, hatte nicht durch den zu schmalen Eingang des *inzu* gepasst), an Regentagen lasen, sich mit den wenigen Schülern aus Nyamata trafen und die vorbeikommenden Kameraden aus der Sekundarschule empfingen. Als André von seinem ersten Lehrergehalt einen Kassettenrekorder kaufen konnte, wurde das Tripolo-Haus sogar zum Tanzsaal, wo sich die Jugendlichen von Gitagata ein Stelldichein gaben. Trotz der Gefahr, wenn aber nichts auf ein Ausrücken der Soldaten hindeutete, nahmen wir dort immer das Abendessen ein, wobei wir das Licht der untergehenden Sonne nutzten.

*

Stefania war wieder zur Hüterin des Feuers geworden, des Feuers, das im Zentrum des *inzu* nie erlöschen darf. Es ist eine wahre Kunst, das Feuer eine ganze Nacht lang am Brennen zu halten: Jeden Abend entfernte Mama das Holz, das noch nicht gebrannt hatte, und bewahrte nur die Glut, die sie mit einer Schicht Asche bedeckte. In das Herz des innen glühenden Kegels schob sie ein Holzscheit, das im Laufe der Nacht langsam verbrennen würde. Vor Sonnenaufgang – denn es ist eine Schande, wenn die Sonne eine Familienmutter im Bett vorfindet – sah Mama nach, ob die Holzstücke, die Keimzelle des neuen Feuers, noch unter der Asche schwelten. Waren sie unglücklicherweise erloschen – trotz aller Vorsichtsmaßnahmen kann immer ein Unglück passieren –, mussten wir bei den Nachbarn Feuer holen. In dem Fall nimmst du ein Büschel trockenes Gras, legst ein wenig Glut darauf und wickelst das Ganze in ein Bananenblatt. Bei der Rückkehr pustest du auf das Reisig, wobei du darauf achtgibst, dass die Funken nicht das Stroh entzünden, das zu Füßen der Kaffeesträucher ausgebreitet ist. Zum Glück erlosch das Feuer nicht oft, denn wer zu häufig bei den Nachbarn um Feuer bittet, wird schnell kritisiert. »Die kann nicht einmal ein Feuer am Brennen halten, das ist eine schlechte Frau!«, sagen die Leute.

André machte sich über Stefania lustig: »Warum wanderst du durch das ganze Dorf, um Feuer zu holen, wenn wir zu Hause eine Schachtel Streichhölzer haben?« Als Verantwortlicher der Legion Mariens hatte Papa von den Patern außer der Brille zum Bibellesen und dem Fläschchen Wasser aus Lourdes eine Schachtel Streichhölzer bekommen. Ich weiß nicht, ob er Nachschub erhielt. »Hör mal, mein Sohn«, seufzte Mama, »die Weißen haben uns schon viele Geschenke gemacht, und du siehst, wohin das geführt hat! Also lass mich, wenn es sein muss, Feuer holen, wie es bei uns immer üblich war. Wenigstens das bleibt uns.«

4

Hirse

TUTSIFRAUEN WURDEN MITUNTER als eine Art Aristokratinnen beschrieben, deren einzige Tätigkeit es gewesen sei, winzige, nutzlose Körbe zu flechten oder auf ihren langen Beinen eine große Kalebasse mit angenehm gewölbtem Hals hin und her zu schaukeln, worin sich die Schönheitsbutter festigte, die den Vestalinnen aus dem Land der Nilquellen die schimmernde, samtene Haut gab, die die Europäer so faszinierte. Ich habe meine Mutter immer mit der Hacke in der Hand gesehen, wie sie den Boden aufhackte, säte, jätete und erntete, ob es vor unserem Exil war, in Gikongoro, in Magi, und noch mehr in Nyamata, in den Dörfern der Deportierten. Denn in Ruanda hört die Arbeit auf den Feldern nie auf. Sie beginnt, wenn man einen Anfang für etwas finden will, das keinen Anfang und kein Ende hat, mit den ersten Regenfällen im Oktober, wenn Bohnen und Mais gepflanzt werden, die einen wird man im Dezember ernten, den anderen im Februar, danach kommt die große Regenzeit von März bis Mai, und man sät die Hirse, die im Juli zu Beginn der Trockenzeit geschnitten wird. Aber in all dieser Zeit gibt es auch noch Bohnen, Süßkartoffeln, Eleusine, Taro,

Kürbisse, Jamswurzeln, Maniok und vor allem den Bananenhain, der ständig gepflegt werden muss. Ruanderinnen wie Stefania, wie auch die Ruanderinnen heutzutage, seien sie Hutu oder Tutsi, verbringen nicht ihre ganze Zeit mit dem Flechten ineinandergesteckter zierlicher kleiner Körbe, was oft von Touristen als Hauptbeschäftigung der ruandischen Frau wahrgenommen wird.

Unter allen unseren Kulturpflanzen beanspruchte die Hirse einen Sonderplatz. Sie hatte ihre eigene Würde. Sie mischte sich nicht unter die anderen. Sie brauchte ihre eigene Parzelle, ihr eigenes Feld. Der Taro, die Süßkartoffeln, die Bohnen, alle diese Gemüse wuchsen problemlos in enger Nachbarschaft. Die Bohnenranken klammerten sich an den Maisstängel, die Süßkartoffel und der Taro suchten unter den Bananenstauden Schutz: Niemand fand daran etwas auszusetzen. Bohnen, Süßkartoffeln oder Mais wurden deshalb nicht verschmäht. Was hätten wir sonst gegessen? Wie hätte ein Ruander ohne seinen täglichen Topf Bohnen seinen Hunger stillen können? Ich war wirklich erstaunt, als ich erfuhr, dass Süßkartoffel, Mais und Bohne aus Amerika zu uns gekommen waren. Welche Wege hatten diese Pflanzen zurückgelegt, um bis nach Ruanda zu gelangen? Ich habe nie eine Antwort erhalten. Auf jeden Fall brauchten unsere Großeltern keine Agronomen oder Experten der Welternährungsorganisation. Sie sind allein zurechtgekommen, ohne dass ihnen jemand beibringen musste, wie man sein eigenes Feld bestellt.

Die Hirse war eine wahre Ruanderin. Ihr Feld war wie ein eingefriedetes Stück Land. Unmöglich, dort etwas anderes mit anzupflanzen. Manche probierten es, Süßkartoffeln, *impugine*, dazwischenzusetzen. Doch wir wussten sehr wohl, dass es nicht angemessen war, wenn wir es der Hirse gegenüber an Achtung fehlen ließen. Um ihr nicht in die Quere zu kommen, taten wir so, als hätten wir die Süßkartoffeln vergessen, bis sie, da sie zu lange in der Erde blieben, so groß wurden, dass sie an Geschmack verloren und nicht mehr gern verzehrt wurden. Übrigens verrotteten viele. Die Hirse vertrug keine Eindringlinge.

Die Hirse war die Königin auf unseren Feldern. Sie anzubauen und zu essen, das bedurfte einer ganzen Zeremonie, einer Anzahl Riten, die Stefania in tiefer Ehrfurcht vollzog, denn die Hirse galt als die Pflanze mit gutem Omen: Ein schönes Hirsefeld war ein Talisman gegen Hungersnot und Unheil, ein Zeichen von Fruchtbarkeit und Überfluss und für uns Kinder ein großzügiger Spender von Genüssen und Spielen.

Hirse wird kurz vor der großen Regenzeit gesät, von März bis Mai. Alle hoffen, dass der Regen dem Termin treu bleibt, aber wir fürchten immer seine Launen. Nachdem Mama die Erde aufgehackt hatte, säte sie die Samen mit weitem Schwung aus. Wir mischten die weiße Hirse, die für den Porridge und den Teig verwendet wird, mit der roten Hirse für das Bier und hackten erneut, damit die Körner tiefer in den Boden drangen. Mit meiner kleinen Hacke ahmte ich die Gesten meiner Mutter nach. Es war ermüdend, den ganzen Tag über gebückt zu bleiben. Mama hörte, wie ich stöhnte. »Und du, Mukasonga«, sagte sie zu mir, ohne sich umzudrehen, »du brauchst dich noch nicht zu beklagen, warte nur ab, wie schwer es dir fällt, wenn du mit einem Baby auf dem Rücken die Hacke schwingst.« Zu meinen Füßen wimmelte es von Regenwürmern. Manche waren so groß wie kleine Schlangen, sie waren mir unheimlich. Mama war zufrieden: »Der Boden ist gut, ich habe mein Feld gut gewählt, sieh dir all diese Würmer an, töte sie nicht, es sind keine Nacktschnecken, sie wollen uns nur Gutes tun: Sie kündigen eine reiche Ernte an!« Und tatsächlich, die Hirse wuchs dicht, wir mussten das Feld lichten, es jäten.

Das Entfernen von Unkraut und Parasiten ist eine langwierige und akribische Arbeit. Sie erfordert viel Aufmerksamkeit, ist aber nicht anstrengend und lässt Zeit zum Plaudern und Geschichtenerzählen. Beim Jäten des Hirsefeldes hat mir Mama viel von dem beigebracht, was sie vom alten Ruanda bewahrt hatte. Leider habe ich nicht alle Geheimnisse behalten, die mir Stefania anvertraute, Geheimnisse, die eine Mutter nur an ihre Tochter weitergibt.

⋆

Wenn der Boden fruchtbar war und es ausgiebig regnete, wuchs die Hirse schnell. Jeanne, Julienne und ich maßen an ihren Halmen, wie groß wir waren: Sie erreichten bald unsere Größe als kleine Mädchen, dann die der Eltern. Bald waren sie größer als die Männer, größer als Sekimonyo, der Imker, der seine Bienenkörbe mühelos in die Baumwipfel wuchtete. Wir warteten gespannt auf die Blüte, wir beobachteten die Ähren, die sich in den Blatthülsen nach und nach bildeten. Da waren rote, und da waren weiße. Aber die Kinder interessierten sich nicht für die roten oder weißen Ähren, sondern für die *inopfu*, die sterilen Hirsepflanzen, die keine Ähren hervorbrachten. In der Blatthülse dieser unerwünschten Eindringlinge verbargen sich keine Körner, vielmehr fand sich dort eine weiße unförmige, von schwarzen Fasern durchzogene Masse. Danach gierten wir, nach den *inopfu*, wie nach einem schwarz-weißen Schokoladenriegel, den die Hirse den Kindern darbot. Sehr zur Verzweiflung der Eltern hätten wir uns gewünscht, dass das Feld nur noch *inopfu* hervorbringen würde. Glücklicherweise war das nicht der Fall, die *inopfu* waren selten, und du konntest sie nur aus der Entfernung entdecken, du musstest auf einen Termitenhügel oder sonst eine Erhebung klettern, von wo aus du das ganze Feld aus der Vogelperspektive überblicken konntest. Zwei kleine Federn, ein bisschen wie die Hörner einer Riesenschnecke, zeigten die *inopfu* an. Schnell schlängelten wir drei uns zwischen den Stängeln durch, wobei wir darauf achteten, keinen abzuknicken, um endlich diese seltsame Frucht der Sterilität zu pflücken. Wenn wir aus dem hohen, dichten Hirsefeld wieder auftauchten, zeigten die schwarzen Spuren auf unseren verschmierten Lippen und Zungen jedem, dass die Ernte reichlich gewesen war.

Im Juli, zu Beginn der großen Trockenzeit, wird die Hirse geerntet. Vorher, wenn die Ähren schon gut ausgebildet, die Körner aber noch nicht ganz trocken sind, feierte meine Mutter *umuganura*. *Umuganura* ist der Name des Festes und auch der Name des Hirseteigs, der bei dieser Gelegenheit gegessen wird. Es stand außer Frage, dass die Hirse keinesfalls geerntet werden durfte, bevor nicht die ganze Familie dem Ritus entsprechend den ersten Hirseteig verzehrt hatte. Kein Ethnologe hatte uns darüber aufgeklärt, dass wir damit den Beginn der Erntezeit feierten, für uns stand aber fest, dass mit *umuganura* ein neues Jahr anfing und wir uns bei dieser Gelegenheit wünschten, dass das Jahr, das durch die Hirse eingeläutet würde, für uns günstig verlaufen möge. Der 1. Januar der Weißen sagte uns da noch nichts.

Umuganura war ein Familienfest. Nicht einmal die Nachbarn wurden eingeladen. Man feierte es im vertrauten Familienkreis. Jeder bei sich zu Hause. Vielleicht war das Fest deswegen dem Bann der Missionare entgangen; sie hatten nicht den leisesten Versuch unternommen, es zu christianisieren. Und dank der Familienmütter leistete die Hirse in jedem Haus Widerstand.

Für *umuganura* mussten die Ähren gesammelt werden, solange sie noch von Wasser gesättigt waren, gerade so viel, wie man für den Teig benötigte, nicht mehr. Meist hatte eines der Kinder des Hauses die Ehre, die Ähren zu sammeln. Aber nicht irgendeines. Natürlich konnte es kein uneheliches Kind sein, und schmächtige, zarte Kinder, alle, die den kleinsten körperlichen Fehler aufwiesen, kamen auch nicht infrage. Stefania wählte immer mich für das rituelle Ährensammeln aus. Sie hatte keine Wahl. André und Alexia besuchten die Sekundarschule und waren zudem »Entwickelte«, die sich über Stefanias seltsame Liturgien lustig machten, wenn sie es auch nicht offen zeigten. Jeanne war zu klein, und Mama hielt Julienne für ein anfälliges Kind, dessen Gesundheit immer zu wünschen übrig ließ. So wählte ich, Mamas Erklärungen folgend, die vollsten Ähren, die eine reiche Ernte verhießen und ein Jahr, das trotz allem ertragreich zu werden versprach. Respektvoll legte ich die Ähren in einen Korb, der speziell für diesen Zweck geflochten worden war. Für *umuganura* waren die Töpfe und Schüsseln aus Metall, die es auf dem Markt zu kaufen gab, streng untersagt.

Die noch von Wasser gesättigten Körner zerstößt man nicht auf dem Mahlstein wie gewöhnliche Hirse, sondern stampft sie im Mörser. Auf einer Worfelschale – die Wochen zuvor mit einer neuen Schicht Dung versehen worden ist – sortiert man die nicht zerkleinerten Körner aus und gibt sie wieder in den Mörser, bis das Mehl möglichst fein ist. Mama bereitete den Teig in einem irdenen Topf, die von den Weißen eingeführten Utensilien durften keinesfalls verwendet werden. Das Rezept? Wie mir scheint, ist es mehr oder weniger dasselbe wie das der Buchweizenpfannkuchen, die man in der Bretagne backt, doch Stefania machte daraus keine Crêpes: Sie formte, wobei sie das Mehl nach und nach mit siedend heißem Wasser mischte, einen schönen Kloß, eine vollkommen ebenmäßige Kugel in ansprechendem blassgrünem Farbton. Bei der Zubereitung sprach sie Formeln, die ich nie ganz verstand, die meiner Meinung nach aber alle Giftmischer und Hexer verwünschten und Gedeihen, Fülle, Fruchtbarkeit für die Familie, Haus und Felder erflehten, vor allem auch für die Kuhherde, die wir nicht besaßen.

Des Nachts, in einer Vollmondnacht, fand das Hauptritual statt. Die ganze Familie musste von dem *umuganura* kosten, musste von dem neuen Jahr kosten, das von der kommenden Hirseernte eingeläutet wurde. Mama hatte ihre Teigkugel auf einen kleinen geflochtenen Korb gelegt, der für die Zeremonie reserviert war, und schnitt für jedes Familienmitglied ein Stück ab. Dazu benutzte sie schneidendes Gras aus dem Sumpf, *urutamyi*, eine Binse, die bei Flechtarbeiten Verwendung findet. Kein Messer und auch kein Metalllöffel durften das *umuganura* berühren. Wenn sie die Stücke geschnitten hatte, wiederholte Stefania die

Beschwörungsformeln, die wir im Chor nachsprechen mussten. An dem Abend ersetzten sie das Tischgebet, das Papa uns vor jeder Mahlzeit hersagen ließ. Nun war es Zeit, das *umuganura* zu verzehren. Ich schluckte es mit der gleichen Andacht hinunter wie die Hostie, die die Pater mir auf die Zunge legten. Im Vergleich zum normalen Teig, der zwischen den Zähnen knirschte, im Hals kratzte, schwer im Magen lag und den Mama uns trotz unserer Proteste zu essen zwang, schien mir der *umuganura*-Teig außerordentlich wohlschmeckend zu sein. Ein Krug Bier wartete auf uns, und dann mussten wir nur noch zu Ehren der Hirse singen und tanzen. Das taten wir bis spät in die Nacht.

★

Dann kommt die Erntezeit. Da darf man keinen Augenblick zögern. Rund um das Feld stecken Vogelschwärme die Köpfe zusammen. Die Affen sind kein Grund zur Sorge, die Hirse lässt sie kalt. Aber in Ruanda, sogar in der Bugesera, ist der Trockenzeit nicht zu trauen. Der Regen ist vielleicht nicht mehr weit. Dieser von allen gefürchtete Regen hat übrigens einen Namen, er heißt nämlich Hirseregen.

Vor der Ernte muss der Dreschplatz vorbereitet werden. Wir benutzen nicht mehr wie »in Ruanda« die große Matte, die einzig bei diesem Anlass den Boden des hinteren Hofs gänzlich bedeckt, in der Bugesera begnügen wir uns damit, einen Teil des Hofs mit Kuhfladen auszulegen. Den Kuhdung besorgen wir uns von den Bagesera, denn die armen Vertriebenen besitzen keine Kühe. Zum Glück für uns verstehen die Bagesera nichts vom Handel, sie geben die Hinterlassenschaften ihrer Herde, ohne etwas dafür zu verlangen. Selbst die gesteigerte Nachfrage hat sie nicht dazu verleitet, ihren Schatz gewinnbringend zu veräußern. Das Gesetz des Marktes hatte die Bugesera noch nicht erreicht. Wahr ist aber auch, dass Julienne und ich oft einfach den Kühen und ihren Fladen folgten, ohne irgendjemanden zu fragen. Auf den Wegen der Bugesera sahen wir reihenweise Frauen und Kinder, die Körbe voller Kuhdung stolz auf ihren Köpfen trugen. Diese Kuhfladen verteilt man also im Hof und bestreicht damit die Worfelschalen und Körbe, um sie nachhaltig zu versiegeln. Aber es besteht immer die Furcht vor einem unerwarteten Regen. Daher baut man eine Art Bett wie das der Eltern, nur höher und größer, und darauf wirft man eiligst die Ähren, bevor der Regen den Dreschplatz in stinkende Pfützen und Rinnsale verwandelt.

Die Hirseernte ist Männersache. Sie geht alle Männer im Dorf an. Zusammen ernten sie die Felder ab, eines nach dem anderen. Wenn die Ähren reif sind, müssen sie sich beeilen, schneller sein als die Vögel, schneller als der drohende Regen. Und am Abend versammeln sich alle, Männer, Frauen und Kinder, um die Krüge der Familie, deren Feld gemäht worden ist. Es ist eine gute Zeit, die Hirseernte.

Die Ähren, die sich noch am Halm befinden, bleiben auf dem Feld. Man lässt sie zwei oder drei Tage dort liegen, bevor sie geschnitten werden. Diesmal ist es die Aufgabe von Frauen und Kindern. Natürlich können sie auf die Hilfe der Nachbarinnen zählen: Sie wissen, dass du bald bei ihnen auf dem Feld im Einsatz bist. Die Kinder sind damit betraut, die Ähren zum Dreschplatz zu bringen oder zum

Getreidespeicher, der errichtet wird, wenn die Ernte reichhaltig zu werden verspricht. Sie transportieren die Ähren im Korb auf dem Kopf. Dahinter steckt kein Zwang. Alle sind Freiwillige. Der Lehrer weiß, dass der Klassenraum an solchen Tagen leer bleiben wird. Die Kinder sind mit Feuereifer dabei: Sie freuen sich schon auf die Belohnung, die sie am Abend erwartet – die *imisigati*! Niemals vergisst die Hirse die Kinder: In manchen Halmen – leider nicht in jedem – birgt sie einen süßen Saft, süßer als Honig. Während der Ernte wurden die so begehrten *imisigati* sorgfältig gesammelt und zur Seite gelegt, im Schatten des Bananenhains kühl gehalten. Mama hat sogar ein paar vergraben, die auf die Rückkehr von André und Alexia warten. Doch von diesem Abend an werden die *imisigati* an die kleinen Arbeitskräfte verteilt. Die Fleißigsten, die gewissenhaft ihren Korb gefüllt haben, die am meisten hin- und hergelaufen sind, erhalten die dicksten. Muberejiki, meine Nichte, ist faul, sie hat nur Anrecht auf einen winzigen Halm. Alle treffen sich unter den Bananenstauden, sie saugen, schlürfen und schlabbern den köstlichen Saft; und auch die Mütter bleiben nicht untätig, selbst sie probieren den wundervollen *imisigati*-Sirup.

Wenn die Ähren gedroschen sind, liegt ein Berg Körner im Hof. Die Kinder spielen, dass sie wie im Treibsand darin versinken. Die Mütter wachen über die Kleinsten, die sich auf allen vieren hinwagen, aus Angst, eine Lawine könnte sie begraben.

*

Aus der Hirse wurde ein Teig bereitet, ein Teig, den wir so sehr verabscheuten, dass Mama uns zwingen musste, ihn zu essen. Man konnte die Körner auch in kochendes Wasser geben, wie beim Reis, doch das war nur in Hungerzeiten üblich. Es gab auch *agakoma*, das Porridge, das wie eine sehr dicke Suppe war. Es galt als Stärkung, die man Kindern anstelle von Milch gab, Genesenden, Wöchnerinnen, den Alten. Glücklich waren die alten Eltern, die sagen konnten: »Ich bin heilfroh, wir sind nicht verlassen, unsere Tochter bringt uns immer *agakoma*!« Stefania bereitete es für André und Alexia zu, wenn sie in Gitagata waren. Beim Aufstehen brachte sie ihnen eine große Kalebasse mit heißem Porridge. »Was wäre es für eine Schande«, sagte sie, »wenn meine Kinder magerer in die Schule zurückkehrten, als sie es bei ihrer Ankunft waren!«

Worauf aber alle bei der Hirse sehnsüchtig warteten, war das Bier. Hirsebier war, bevor Primus, Amstel und andere es auf den verachteten Rang archaischer Getränke herabstuften, das Bier, das du mit den Alten trinken musstest und nicht abzulehnen wagtest. Hirsebier war die Grundlage der ruandischen Gastlichkeit schlechthin. Um den großen Tonkrug herum festigten sich familiäre Bindungen, wurden Freundschaftsbande geknüpft oder wiederbelebt, gutnachbarliche Beziehungen bestärkt, Ehen vereinbart, Streitigkeiten beigelegt, Konflikte gelöst; und der Weise, der seinen Trinkhalm in den dicken Schaum getaucht und einen langen Zug von der bräunlichen Flüssigkeit genommen hatte, gab ein Sprichwort zum Besten, das die Situation beleuchtete und allen bedeutete, was sie zu tun oder zu lassen hatten.

Um Hirsebier herzustellen, wird erst einmal eine Menge Gefäße benötigt. Man sucht alle Behältnisse zusammen, die man besitzt, den Trog, der auch für Bananenbier genutzt wird, die großen Tonkrüge, in denen man das Regenwasser auffängt; später, wenn die Zivilisation über den Nyabarongo vorgedrungen sein wird, werden die Dorfbewohner Geld zusammenlegen und auf dem Markt von Nyamata einen der großen Blechkanister kaufen, die das Palmöl enthalten hatten, das die Händler kleinteilig in abgeschnittenen Fantaflaschen verkauften. Der kostbare Kanister oder Metallbehälter, wie die »Entwickelten« sagten, ein Gemeineigentum, wurde von Familie zu Familie weitergegeben. In den Trog, in die Krüge oder in den Kanister schüttet man die Körner und bedeckt sie mit Wasser. Die Hirse lässt man drei oder vier Tage lang quellen, bis dass sie gut durchtränkt ist und die Körner weich geworden sind. In dieser Zeit legt man den Dreschplatz mit Bananenblättern aus; dazu wählt man die, die nicht eingekerbt oder eingerissen sind, damit ein dichter, lückenloser Teppich entsteht. Die *amashara*, die trockenen Bananenblätter, werden verbrannt, sie ergeben eine tiefschwarze Asche. Dann kommen die Hirsekörner auf den Blätterteppich, man nimmt die Asche und mischt alles, bis die Hirse sehr dunkel ist; das Resultat wird *amamera* genannt. Die Körner werden unter schützenden Bananenblättern zum Keimen gebracht und sind bald mit weißen Fäden bedeckt. Dann lässt man sie in der Sonne trocknen. Ist das geschehen, werden sie von den Frauen auf den Knien, von den Kindern auf allen vieren geknetet, um Körner und Keime zu trennen; das ist die Gelegenheit, um sich mit den schwarzen, süßen Körnern vollzustopfen, eine weitere Köstlichkeit der Hirse! Um die Spreu zu entfernen, worfelt man die Körner in geflochtenen Schalen und zerquetscht sie dann auf dem Mahlstein (auf keinen Fall im Mörser mit dem Stößel!). Das Mehl wird in großen Körben mit spitzem Deckel aufbewahrt, die auf dem *uruhimbi*, dem Regal, das sich an die Wölbung des *inzu* schmiegt, den Ehrenplatz einnehmen. Am Tag der Bierbereitung wird es entnommen.

Die Herstellung von Hirsebier dauert nicht sehr lange, einen Tag, eine Nacht. Man gibt das Mehl in den Trog, schüttet kochendes Wasser darüber und rührt alles mit einem flachen Löffel in der Größe eines Ruders um, bis ein klarer, leichter, süßer Brei entsteht. Den verteilt man auf die Krüge, zusammen mit der Hefe – *umusemburo* –, die aus im Busch gesammelten Pflanzen gewonnen wird (das ist ein Geheimnis, das euch niemand verrät), und während du dem Plätschern und dem Seufzen des Bieres lauschst, das in den großen schwarzen Krügen am Fußende des elterlichen Betts gärt, sinkst du in den Schlaf.

★

Auf dem Feld verbleiben jetzt nur die abgeschnittenen und vertrockneten Stoppeln. Sie sind nicht so unnütz, wie man meinen könnte, werden sie doch verwendet, um Umzäunungen auszubessern, zu verstärken oder zu flicken, und man macht daraus *mahubusi* – Vogelscheuchen –, die zumindest eine Zeit lang die Süßkartoffeln plündernden Affen fernhalten. Sie müssen geschützt werden, die Süßkartoffeln, denn sie sind alles, was während der Trockenzeit auf den Feldern übrig ist.

Auch die Mütter, die mit ihrem Baby auf dem Rücken bei der Feldarbeit sind, brauchen die trockenen Hirsestängel. Wenn das Baby zu schwer wird, müssen sie es unter ein Schutzdach legen, das die Mutter am Feldrand errichtet. Mit den Stängeln baut sie das Gerüst und bedeckt es mit frischem Gras. Das Innere kleidet sie sorgfältig mit Bananenblättern aus, flicht dann eine kleine erhöhte Wiege, außer Reichweite der Schlangen. Sie kann auf ihr Feld zurückkehren, das Baby ist vor der Sonne und dem scharfen Auge der Raubvögel geschützt, die ihre Beute hoch vom Himmel aus erspähen.

Die Hirse hielt für die Kinder noch eine letzte Überraschung bereit: Für sie hatte sie immer etwas. Die großen Ferien begannen gleich nach der Ernte, und das brachliegende Feld bot die ganze Trockenzeit hindurch den Mädchen wie auch den Jungen eine unerschöpfliche Vielfalt an Spielen. Mit viel Geschick und noch mehr Fantasie verwandelten wir die trockenen Stängel in alle möglichen Prestigeobjekte, die so begehrt wie unerreichbar waren. Dazu gehörte vor allem die Brille, wie die Pater sie trugen. Ich kannte mich mit Brillen aus; wie ich schon sagte, hatte Papa eine, auch wenn er sie zu Hause so gut wie nie, nur beim Bibellesen, aufsetzte. Doch niemand sonst im Dorf besaß eine. Viele glaubten, sie sei den Missionaren vorbehalten, damit sie durch die Brille unsere Gedanken lesen und im Innersten unserer Seelen unsere Sünden aufspüren konnten, die wir vor ihnen zu verbergen suchten. Die Mädchen senkten, wie es sich gehört, den Kopf, um den Blicken hinter der Brille auszuweichen, doch die Jungen waren kühner: Sie wollten auch eine Brille. Also sahen sie sich die Brillen genau an, studierten sie gewissenhaft. Während der Messe war das nicht einfach, der Priester wendete uns den Rücken zu, und wenn er sich umdrehte und uns sagte, dass die Messe beendet sei, war er viel zu weit weg. Wir mussten warten, bis er zu uns kam und die Aufgaben für den Religionsunterricht nachsah, den uns

Rukema, der Diakon, nach der Schule erteilte. Die Jungen richteten ihren Blick auf das Antlitz des Missionars, der ihre Aufmerksamkeit lobte, doch sie interessierten sich nicht für das, was der Pater erzählte, es war seine Brille!

Die Jungen waren stolz: Sie wussten jetzt, wie man eine Brille bastelt. Sie schnitten zwei dünne Scheiben Rinde vom Hirsestängel ab, dann zwei kleine Stäbe für die Bügel und fügten das Ganze mit dem weichen, weißen Mark aus den Stängeln zusammen. Das Fehlen der Gläser störte niemanden, wichtig war allein das Gestell. Die Jungen liefen mit ernster Miene hin und her, den Bauch vorgestreckt, die Hirsebrillen unsicher auf der Nase balancierend, und wir grüßten sie lachend: *»Abapadri! Abapadri!«*

Wir Mädchen bastelten uns Puppen, indem wir aus dem weichen Mark der Hirse einen Ring für den Kopf, einen Zylinder für den Körper, kleine Würste für die Arme und Beine ausschnitten, und drei Hirsekörner für Nase und Augen nahmen. Einige von einem Stängel abgerissene Zweiglein bildeten das Skelett. Doch dem Hirsebaby fehlte das Wesentliche: die Brille! Nur die mutigsten Mädchen wagten es, sie von den Jungen auszuleihen.

5

Heilkunde

ALS WIR NACH NYAMATA umgesiedelt worden waren, hatte man uns zunächst in den Klassenräumen der Primarschule zusammengepfercht. Bald entdeckten wir, dass sich in der Nähe eine Krankenstation befand. Unter den Vertriebenen waren die Kranken zahlreich: Die ungewohnte Nahrung, die man an uns verteilte, die Hitze in der Bugesera, die die Bergbewohner aus Butare schlecht vertrugen, das Fehlen von Milch, die für viele ein Grundnahrungsmittel darstellte, die beengten Verhältnisse, die mangelnde Hygiene, das alles hatte bald zu mehr und mehr Fällen von Dysenterie geführt, und unter den Alten und kleinen Kindern gab es Tote. In der hintersten Ecke des staubigen Hofs, wo die Familien schicksalsergeben ihre Behausungen zusammenzimmerten, stand ein Kolonialgebäude, das schon bessere Tage gesehen hatte: die Krankenstation. Der Krankenpfleger war wie wir ein Tutsi aus Butare, der vor uns ins Exil hatte gehen müssen. Er hieß Bitega, und die Leute redeten ihn bereitwillig mit Doktor an – *muganga*. Die Kranken und die Neugierigen standen bald Schlange, um Zutritt zur Veranda mit dem Wellblechdach zu erhalten, unter dem Bitega seines Amtes waltete. Sie wurden schnell enttäuscht. Bitega konnte nur zwei Medikamente verordnen: Aspirintabletten und Hustensirup. Es gab den Aspirintag und den Siruptag. Der Sirup schmeckte süß. Der Siruptag war der Tag der Kinder. Ich wartete mit den anderen; als ich an der Reihe war, riss ich meinen Mund weit auf, und Bitegas Gehilfe schob den einzigen Löffel hinein, mit dem er den Sirup an alle verteilte. Viele versuchten, sich für einen zweiten Löffel wieder in die Schlange zu stellen. Doch Bitega ließ sich nicht täuschen, Betrüger erkannte er sofort.

Als Papa und seine Freunde die wenigen Straßen des kleinen Ortes erkundeten, fiel ihnen hinter dem Marktplatz ein Kolonialgebäude auf, das ebenso heruntergekommen war wie die Krankenstation. Sie machten Bekanntschaft mit dem Bewohner. Er war Tierarzt, Gatashya, und er behandelte Kühe. Diese Nachricht erregte unter den Vertriebenen großes Aufsehen. Wer für die Gesundheit von Kühen sorgte, dem kostbarsten Gut, das man sich vorstellen konnte, der war wohl erst recht in der Lage, Menschen Linderung zu verschaffen. So wechselten die Schlangen, die sich jeden Morgen vor Bitegas Krankenstation bildeten, zur »Barza«, wie die belgischen Kolonisten sie nannten, der überdachten Terrasse von Gatashya, dem Veterinär. Doch Gatashya war ein weiser Mann, er hatte nur begrenztes Vertrauen in seine Medikamente und riet den Patienten zur Anwendung von Heilpflanzen.

Das war auch Stefanias Meinung. Sie hatte kein Vertrauen in die Wirksamkeit von Bitegas Pillen und Sirup. Sie war betrübt, dass sie nicht mehr die traditionellen Heilmittel herstellen konnte, die, wie sie versicherte, als Einzige geeignet waren, die Krankheiten der Ruander und insbesondere der Kinder zu bekämpfen. Sobald es ihr daher möglich war, zuerst in Gitwe, dann vor allem in Gitagata, richtete sie um das Haus herum ihre Pflanzenapotheke wieder ein, die sämtliche Zutaten für ihre Aufgüsse und Salben lieferte.

⋆

Stefania war mitnichten eine der Heilerinnen, an die man sich bei schweren Fällen mit ebenso großer Hoffnung wie Sorge wendet, wie die meisten ruandischen Frauen kannte sie aber eine große Anzahl Medikationen, die sie je nach Fall zusammenstellte und anwandte, mit Überzeugung und sehr oft mit Erfolg, wie mir scheint. Ihr Arzneibuch waren die Kräuter, die Knollen, die Wurzeln, die Blätter der Bäume aus der Savanne. Wenn jemand ein Stück Land rodete, machte sie ihn auf wirksame und daher schützenswerte Pflanzen aufmerksam, und in ihrem Heilkräutergarten erntete sie mit Bedacht nur das, was sie für ihre Arzneien benötigte.

Als gute Familienmutter war Mama mit allen möglichen Hausmitteln gegen Beschwerden und Verletzungen vertraut, wie sie im Alltag immer wieder vorkommen. Bei kleinen Verbrennungen war es einfach: Sie musste nur auf die verbrannte Haut spucken und die Formel *»Pfuba nk'ubwanwa bw'umugore«* aussprechen – »möge die Wunde so unsichtbar sein wie der Bart bei einer Frau«. Man konnte auch den klebrigen Saft der *uruteja* oder zerstampfte Kartoffeln nehmen, aber Kartoffeln waren etwas für Reiche, sie wurden in Nyamata nicht angebaut, sie kamen aus Ruhengeri, von den fruchtbaren Böden am Fuße der Vulkane, aus so fruchtbarer Erde, dass manche Kartoffeln die Größe von Melonen erreichten. Die *intofanyi* von Ruhengeri! Wir Kinder vom Land bewunderten sie von Weitem, wenn wir in der Stadt bei einem Beamten vorstellig werden mussten. Manchmal wurden wir trotz des Widerwillens der Hausangestellten und von Madame in das Wohnzimmer der Villa geführt: Da lagen sie, die Kartoffeln, die berühmten *intofanyi,* hinter dem Moskitonetz des Fliegenschranks, der häufig als Anrichte diente, gut sichtbar in einer Schale mit rotem Blumenmuster »Made in Hongkong«. Sie trieften noch vom Frittieröl, zeugten vom Reichtum der hohen Persönlichkeit und sprachen dem Appetit des kleinen Besuchers Hohn.

Von allen Körperteilen waren die Füße am stärksten der Verletzungsgefahr ausgesetzt. Wir liefen barfuß, und wenn wir auf dem Heimweg von der Schule noch Wasser oder Brennholz holen mussten, überraschte uns oft die Nacht, die in Ruanda zu jeder Jahreszeit um sechs Uhr abends hereinbricht. In der Dunkelheit und weil wir uns wegen des Bündels Holz oder des Krugs auf dem Kopf kerzengerade halten mussten, stießen wir mit den Zehen ständig gegen Steine, und der holprige Weg hinterließ immer wieder tiefe Schürfwunden. Wenn ich zu Hause ankam, waren die Füße blutig, meine Fußnägel abgebrochen, abgerissen. Wenn Alexia mich begleitete, kehrte sie stets ohne den kleinsten Kratzer an den Füßen zurück, es war, als wäre sie über die Unebenheiten und Tücken des Wegs hinweggeflogen. »Alexia«, sagte Mama, »hat Zehen, die sehen können. Du und Julienne (denn Juliennes Füße waren im gleichen Zustand wie meine), eure Zehen sehen nichts, aber ich werde sie das Sehen lehren.« Und nach dem Abendessen, in der dunklen Nacht, brachte Stefania unseren Zehen das Sehen bei. Sie band trockene Zweige zu einer Fackel zusammen und ließ die Flamme vor unseren Füßen über den Boden gleiten. Sie ermahnte unsere Zehen und besonders den großen Zeh, der den Gefahren des Wegs am meisten ausgesetzt war. »Öffne die Augen, von jetzt an siehst du nachts und weißt, wo du hergehen musst.« Doch Juliennes Zehen blieben genau wie meine hartnäckig dabei, nichts zu sehen, ihre Augen wollten sich nicht öffnen. Mama ließ sich nicht entmutigen. »Wenn du gehst«, riet sie, »musst du dich an dein Herz wenden, es verbreitet in deinem ganzen Körper das Licht. Richte ihm also aus, es soll deine Zehen daran erinnern, dass sie aufpassen, wohin du trittst, und es wird ihnen sagen: ›Es ist Nacht. Öffnet die Augen. Ich schaue nach vorn; ihr schaut nach unten.‹« Es tat sich aber nichts, die Zehen wollten nicht gehorchen. Das Ritual musste wiederholt, ausgeweitet werden. Wir verließen den Hof, nahmen den kleinen Weg, der auf die Piste führte. Vor uns ging Mama rückwärts, ganz gebeugt: Die Flamme ihrer Fackel züngelte fast an unseren Zehen. An manchen Abenden liefen wir weit in den Busch hinein und suchten die dunkelste Stelle, wo sich, wie Stefania hoffte, die Augen unserer Zehen endlich öffnen würden. Doch weder Stefanias Beschwörungen noch ihre Fackel noch der finstere Busch konnten die Zehen überzeugen, ihre Augen aufzuschlagen. Sie blieben für immer geschlossen. Mama machte sich Sorgen um unsere Zukunft, Juliennes und meine: »Mit Füßen wie euren«, seufzte sie, »wenn ihr im heiratsfähigen Alter seid, frage ich mich, wer euch haben will.«

Ich habe das Gefühl, dass der Fluch, den meine Mutter nicht aufheben konnte, noch immer auf meinen Zehen lastet, und ich fürchte mich stets vor dem Moment, wenn ich mir neue Schuhe kaufen muss: Ich verdächtige die Verkäuferin (und manchmal auch die Kunden), dass sie einen bestenfalls erstaunten Blick, meist aber einen bösen oder verächtlichen Blick auf meine Füße werfen. Glücklicherweise gibt es Strumpfhosen, sie verbergen Mängel gut.

Zahlreich waren auch die Verletzungen, die wir, besonders wir Mädchen, uns beim Umgraben auf dem Feld zuzogen. Ein Schlag mit der Hacke auf den Fuß oder das Bein, das passierte schnell. Nach den Anordnungen meiner Mutter sollte die Wunde sofort mit Erde bedeckt werden, und zwar nicht mit der trockenen, staubigen Erde, auf der man läuft, sondern mit der schwarzen, feuchten Erde, die allen Samen Leben spendet; später würde man, wenn nötig, die Wunde mit *umutumba* behandeln, einer Art Mark aus dem Innern des Bananenstamms. Wenn sich die Wunde dann immer noch nicht schloss, erfolgte eine weitere Behandlung: Blätter der *nkuyimwonga*, einer malvenfarben blühenden Pflanze, wurden getrocknet, auf einem Mahlstein zu einem Pulver zerrieben und auf die Wunde gestreut.

Wenn sich die Wunde entzündete, musste man zum Äußersten greifen: Eines dieser »äußersten Mittel« war *kalifuma*, ein geheimnisvolles gelbes Pulver, das angeblich aus Sansibar stammte. Man kaufte es beim *magendu*. So wurden die Wanderapotheker genannt, Hausierer, die alle Arten von Arzneien und Medikamenten feilboten, die, wie sie versicherten, sämtlich aus Sansibar kamen. Und für die hoffnungslosen Fälle gab es noch *muriro*, das Feuer. Man besorgte es sich ebenfalls beim *magendu*. Es handelte sich um einen blauen Stein, der je nach Bedarf über dem Feuer zu Pulver verrieben wurde. Wenn man das Pulver auf die Wunde auftrug, tat es schrecklich weh, es brannte wie Feuer. *Muriro* kam nur zum Einsatz, wenn Mama dachte, nichts anderes könne mehr helfen. Schon der Name erfüllte uns mit Schrecken!

Ich erinnere mich, dass Mama es einmal für Muberejiki gebraucht hat, eine Tochter meiner älteren Schwester Judith. Die Kleine, die vielleicht drei Jahre alt war, hatte sich schlimm am Knöchel verletzt. Wir hatten die Befürchtung, es wäre Wundbrand. Als sie die Verletzung sah, war meiner Mutter sofort klar, dass rasches Handeln geboten war, dass allein *muriro* sie heilen konnte, oder sie würde ihr ganzes Bein verlieren. Doch bevor sie das Pulver auf die Wunde streute, schlug meine Mutter eine Menge Kreuze und rief den Großmeister der Geister an, Ryangombe, den die Priester als den Teufel selbst bezeichneten: »Ryangombe *rya ya data*! Ryangombe *rya data*! Ryangombe, Gott unserer Väter!« Zitternd vor Angst hielten Julienne und ich uns die Ohren zu, damit wir die Schreie der Kleinen nicht hörten, die Antoine nur mit Mühe und Not festhalten konnte. Ich glaube, ich höre Muberejiki noch immer …

Verdankte Muberejiki ihre Genesung der heftigen Wirkung *muriros* oder der heilkräftigen Allmacht Ryangombes? Das wüsste ich nicht zu sagen.

⋆

Doch Mamas Hauptsorge galt, wie bei allen ruandischen Müttern, den Würmern im Darm, die ihrer Meinung nach eine Gefahr für die schwache Konstitution der Kinder darstellten. Ein aufgeblähter Bauch – zweifellos eine Folge der Mangelernährung – war für sie ein untrügliches Zeichen dafür, dass sie es mit diesen heimtückischen Parasiten zu tun hatte. Als Wurmmittel waren die Blätter von *umubirizi* in Gebrauch. Das ist eine Pflanze, die man immer in Reichweite haben musste, denn sie war gegen viele Krankheiten wirksam. Wer ein Haus baute, musste als Erstes *umubirizi* zusammen mit *umuravumba* pflanzen, das auch als Wunderheilmittel galt. Aus den grünen *umubirizi*-Blättern erhielt man, wenn man sie zwischen den Händen zerrieb, einen Saft, der, mit Wasser verdünnt, einen sehr bitteren Trank ergab. Vielleicht war es dieser bittere Geschmack, der *umubirizi* den Ruf eines Wunderheilmittels eingebracht hatte. Die Kinder fürchteten sich vor dem Tag, an dem sie *umubirizi* schlucken sollten. Die Mütter wachten streng über die kleine Kalebasse, die das Wurmmittel enthielt, immer in der Furcht, eine Giftmischerin könnte dem kostbaren Medikament zu nahe kommen.

Letzten Endes kam man im Kampf gegen diese unsichtbaren Feinde aber immer auf Einläufe zurück. Zu dem Zweck pflückten die Frauen eine Kletterpflanze, *umunkamba*, die häufig vorkam, und brauten daraus einen Absud, den sie durchsiebten.

Es war nicht schwierig, ein Klistier herzustellen. Du musstest nur den gebogenen Stiel eines Kürbisses abschneiden. Einmal die Haut abgeschält, wie es bei Spargel üblich ist, gibt es nichts Sanfteres als diesen weichen Schlauch, wenn die Mutter ihn zwischen den Pobacken eines Babys einführt. Sie nimmt das Wurmmittel in ihren Mund, bläst es in den Stiel und wartet, bis ihr Gesicht sternförmig mit honigfarbenen Spritzern übersät wird. Worüber sie höchst erfreut ist, denn es ist der Beweis, dass das Wurmmittel gewirkt hat.

Ein Einlauf wird mitnichten fern neugieriger Blicke durchgeführt. Im Gegenteil, er ist der Vorwand für eine fröhliche Zusammenkunft der Frauen und gleichzeitig eine der Betätigungen an Sonntagnachmittagen. Wenn die Sonne zu sinken beginnt, kommen die Mütter im hinteren Hof zusammen. Sie machen sich Schürzen aus großen Bananenblättern. Die Kinder im Alter bis zu sechs Jahren stellen sich der Größe nach auf und warten beklommen auf den Augenblick, wenn sie an der Reihe sind. Die Mütter tasten den Bauch eines jeden Kindes ab und bestimmen je nach Fall die einzuführende Menge des Wurmmittels: Bei Kindern, deren Bauch hart und wie ein Bogen gespannt ist, musst du eine kräftige Lunge haben. Die Mütter lachen und beglückwünschen sich, wenn bräunliche Spritzer die grüne Schürze besprengen.

Inmitten all des Leids, das mit der Deportation und dem Exil über sie hereinbrach, war es noch die geringste Sorge der Frauen, dass sie ihre Kinder nicht mehr so medizinisch betreuen konnten, wie sie es gewohnt waren, wie sie es von ihren Müttern her kannten. In Nyamata, im staubigen Schulhof, war es natürlich unmöglich, die heilkräftigen *umubirizi*-Blätter aufzutreiben, und im trockenen Busch der Bugesera wuchsen nur unbekannte Pflanzen, von deren Wirkung und Gefahr niemand Kenntnis hatte. In den Dörfern, in Gitwe, in Gitagata, mussten sie erst einmal alle mit genügend Nahrungsmittel versorgen, um den Hungertod abzuwenden, dann erst konnten die Frauen aufs Neue die Heilkräuter und Kürbisse, die die Naturheilkunde-Apotheke ausmachten, anpflanzen und ihnen sorgfältige Pflege angedeihen lassen. Die Familienmütter waren verzweifelt. In den Bäuchen ihrer Kinder wimmelte es von kleinen Schlangen, die sie von innen auffraßen. Sie hegten keinerlei Zweifel, dass die Gesundheit ihrer Kinder dauerhaft gefährdet war, und Mama blieb unbeirrt bei ihrer Meinung, dass Julienne, die im Klassenraum von Nyamata geboren wurde und keine heilsamen Einläufe bekommen hatte, für immer eine labile Gesundheit behalten würde.

Dann gab es noch ein merkwürdiges Instrument, das aber rasch an andere Familien weitergereicht wurde: ein *umupila*. Auf Kinyarwanda bezeichnet *umupila* einen Gegenstand, der keine eigene Form aufweist: ein Luftballon, ein Reifenschlauch, ein Pullover. In diesem Fall war *umupila* ein birnenförmiges Klistier. Vielleicht stammte es von einem Pater der Missionsstation, vielleicht hatte es eine »Entwickelte« in einem der wenigen Läden auf dem Markt von Nyamata erstanden, wo es unverkauft und unverkäuflich zwischen ein paar Zigarettenschachteln und vier Flaschen Orangen-Fanta lag. Dem birnenförmigen Klistier war kein Erfolg beschieden. Meine Mutter weigerte sich nachdrücklich, dieses Instrument, dessen beinharte Spitze die so zarte, empfindliche Babyhaut nur verletzen konnte, in Gebrauch zu nehmen. Außerdem war es beim *umupila* unmöglich, mittels Körperkontakt den Erfolg der Behandlung zu beurteilen, und konntest du dann eine richtige Mutter sein?

Als André von der Sekundarschule nach Hause kam und Stefania zu »zivilisiertem« Verhalten überreden wollte, antwortete sie ihm: »*Musemakweri!* Bist du nicht mein Sohn? Was kannst du mir beibringen? Hab ich nicht deine Kacke gegessen?«

⋆

Die Babykacke, gelb wie die der Spatzen, hieß *ubunyano*. Sie war wichtig für die Beziehungen, die sie nicht nur zwischen Mutter und Kind knüpfte, sondern auch zwischen dem Neugeborenen und allen Kindern im Dorf. *Ubunyano* war auch der Name eines Festes, das man gleich nach der Geburt des Babys feierte, wenn es zum ersten Mal nach draußen gebracht wurde. Eine Zeremonie, die das Wiederaufstehen der Mutter feierte, vor allem aber ein Fest für die Kinder der Nachbarschaft.

Ich habe nur ein einziges Mal daran teilgenommen, bei Marie-Thérèse, der Nachbarin, die nach so vielen Mädchen einen Jungen geboren hatte. Mama lehnte diese Feier ab. Sie fand sie »zu heidnisch«. Und sie konnte nicht mit ansehen, dass ihre eigenen Kinder die Kacke des Nachbarbabys aßen, selbst wenn es mehr oder weniger symbolisch war: Kacke war eine Familienangelegenheit zwischen der Mutter und ihrem Kind. Wir konnten die Einladung einer unmittelbaren Nachbarin aber nicht ausschlagen. Als ich zum Fest aufbrach, gab mir Mama eine lange Liste Ermahnungen mit auf den Weg, die sich so zusammenfassen ließen: »Fass bloß nichts an!«

Am Morgen des Festtags versammelten sich alle Frauen im Haus der Wöchnerin und bereiteten das Mahl vor, das den Kindern am Abend serviert werden sollte. Es gab Bohnen und vor allem Süßkartoffeln, die besten, innen mit weißem, mehligem Fleisch. Das festliche Mahl, *ubunyano*, fand am Abend statt, wenn die Sonne sich unten am Himmel rot färbte, bevor sie hinter den Bananenstauden verschwand. Dann sind alle Kinder aus Gitagata zum Haus von Marie-Thérèse geeilt. Wir haben uns auf die Matten gesetzt, die im Hof kreisförmig ausgelegt worden waren. Die Mütter hielten sich hinter uns. Männer waren nicht dabei: *Ubunyano* ging sie nichts an. Mitten im Kreis, den die Frauen und Kinder bildeten, lag eine große Matte. Wir haben gewartet, lange gewartet. Endlich, als der Mond aufging, glaube ich, ist Marie-Thérèse mit ihrem Baby erschienen und hat sich in unsere Mitte gesetzt, auf die große Matte. Sie hat ihr Baby den versammelten Kindern und Frauen aus dem Dorf vorgestellt, und selbst diejenigen, die es schon gesehen hatten, die bei der Geburt geholfen hatten, haben so getan, als würden sie es zum ersten Mal erblicken und bewundern. Uns war erzählt worden, dass Neugeborene vom Mond gekämmt würden, und wirklich hatte das Gestirn auf dem kleinen Kopf des Kindes nur Haare in Form einer Sichel gelassen, nach seinem Ebenbild.

In der großen Worfelschale, die man für Hirse benutzte, wurden die Bohnen und Süßkartoffeln gebracht, und unter diesem einladenden Essen, das dampfte und gut roch, war – so hatte man uns eingeredet – die gesamte Babykacke seit der Geburt. Deshalb mussten wir – entgegen den guten Manieren – unsere Hände erst unter dem appetitlichen Berg eintauchen. Uns Kindern war mehr oder weniger bewusst, was der Verzehr des *ubunyano* bedeutete: Wir hießen das Neugeborene willkommen, erkannten es als unseren Bruder an, den wir beschützen sollten, ihm helfen, groß zu werden. Dabei war es an ihm zu lernen, den ihm drohenden tödlichen Gefahren auszuweichen, denn genau wie wir hatte er das Unglück mit auf seinen Lebensweg bekommen, als Tutsi geboren zu sein.

Ich habe nie herausbekommen, ob sich wirklich etwas Kacke von Marie-Thérèses Baby unter den Bohnen und Süßkartoffeln befand. Wie auch immer, es hat jedenfalls nicht das Ungestüm der Kinder gebremst, die große Worfelschale zu leeren. Ich traute mich nicht, wie die anderen die Hand in Richtung *ubunyano* auszustrecken. Ich wusste, dass Mamas vorwurfsvolle Wachsamkeit über mir schwebte, und resigniert und betrübt sah ich zu, wie meine Gefährten sich an dem Festmahl labten.

Als die große Worfelschale geleert war, durften die Kinder, das heißt die Mädchen, denn Jungen gelten immer als linkisch, neben Marie-Thérèse und ihrem Baby Platz nehmen. Sie streckten die Beine aus, hielten die Hände hin und nahmen eine nach der anderen das Baby in Empfang. Leider hatte ich nicht das Privileg, Marie-Thérèses Baby in den Armen zu halten: Man traute mir nicht, ich hatte zu viele Kalebassen beim Wasserholen zerbrochen.

Am nächsten Tag band sich Marie-Thérèse ihr Baby auf den Rücken und ging stolz von Haus zu Haus, bevor sie ihr Feld bestellte. Das Baby konnte nun das Gehöft verlassen: Es war vom ganzen Dorf adoptiert worden.

★

Trotz aller Pflanzen, deren Wirksamkeit sie kannte, trotz der Beschwörungsformeln, die sie im Bedarfsfall anzuwenden wusste, trotz der exotischen Heilmittel des *magendu* war Mama doch der festen Überzeugung, dass uns die Quelle des Lebens fehlte, diejenige, die uns vor Unglück und Krankheiten schützt, die gegen Gift immunisiert und Schadenszauber abwehrt; ich spreche natürlich von der Milch – *amata* –, dem größten Reichtum und höchsten

Genuss eines jeden Viehzüchters! Zweifellos aus Hohn – und jedes Mal, wenn wir dieses Wort sagten, hinterließ es einen bitteren Beigeschmack im Mund – waren wir nach Nyamata deportiert worden: *Nya-amata*, das Land der Milch! Ein vollkommen unfruchtbares Land, wo die mageren Herden der Bagesera an Krankheiten und Durst dahinsiechten.

Unsere Kühe waren getötet und unsere Kälber in den Ställen verbrannt worden. Bist du noch ein Mensch, wenn du deine Herde nicht mehr hast? Und was sollst du mit deinen Tagen anfangen, wenn du deine Kühe nicht mehr auf die Weide führst, wenn du nicht eine jede mit ihrem Namen rufst, wenn du nicht einer nach der anderen mit einem Büschel weicher Gräser das Fell glättest, nicht die Hufe untersuchst und Steine und Dornen entfernst, wenn du deiner Lieblingsfärse keine schmeichelnden Worte ins Ohr flüsterst, wenn du sie nicht vor den versammelten Männern preisen kannst? Wie kannst du eine Freundschaft besiegeln, ohne eine Kuh als Unterpfand? Wie kannst du deinen Sohn verheiraten, wenn du keine wunderschöne Färse für den Brautpreis hast? Und kannst du stolz auf dein *inzu* sein, wenn dort kein säuerlicher Geruch von geronnener Milch und ranziger Butter durchzieht, wenn die Familienmutter bei der Butterherstellung nicht die bauchige Kalebasse hin und her schwingt?

Mama schickte uns, Julienne und mich, zu den Bagesera, um Milch zu kaufen. Dazu mussten wir auf dem Markt die schönsten Bananenstauden verkaufen. Wir transportierten die Milch – oh! Nur wenig Milch! – in einem kleinen schwarzen Gefäß, in dem Butter aufbewahrt wird, denn wir hatten keine Milchkrüge mehr aus dem Holz des

Korallenbaums, die als Einzige würdig sind, die kostbare Flüssigkeit aufzunehmen. Mama gestattete uns einen Schluck, sie tat es auch und ließ ein paar Tropfen am Boden des kleinen Gefäßes übrig. Sie stellte es am Fuß ihres Betts ab, auf einen Teppich auserlesener Kräuter, *ichinge*, und jeden Morgen sprach sie vor dem kleinen Gefäß, das noch einen Rest Milch enthielt, das Leben spendende Elixier, einen Segensspruch für die Familie.

6

Das Brot

IN NYAMATA GALT DAS BROT anfangs als Medizin. Eine Arznei, die man schwerkranken Kindern gab, bei Lebensgefahr, wenn alle anderen Mittel versagt hatten, die Einläufe, die Heilpflanzen aus dem Kräutergarten oder dem Busch, die Arzneien des *magendu* und sogar jene seltenen, exotischen Produkte, die die Weißen mitgebracht hatten, Reis und Tee, denen man Wunderheilungen zuschrieb. Wenn das alles nichts half, wenn keine Besserung zu erkennen war, blieb als letzter Ausweg nur übrig, dem sterbenskranken Kind Brot zu verabreichen. In Nyamata gab es aber kein Brot, man musste es in Kigali besorgen. Also brach Papa auf in die Hauptstadt. Das war keine kleine Reise, zwei Tage hin, zwei Tage zurück. In Kigali ging Papa nicht in die von Griechen betriebene Bäckerei, um Brot zu kaufen. Dieses Brot war für die Weißen bestimmt und für ihre Hausangestellten, die sich früh am Morgen für Brötchen und Brioches anstellten, die ihre Arbeitgeber zum Frühstück verzehrten. Wir hätten einen beträchtlichen Teil von dem ausgeben müssen, was uns die Kaffee-Ernte einbrachte, wenn wir das Brot bei den Griechen hätten kaufen wollen. Papa begab sich auf den Markt. Dort boten

Frauen ihr selbst gebackenes Brot zum Verkauf. Kleine Kugeln, nicht größer als die Faust, ähnlich einer Maniokkugel, innen teigig und klebrig. Papa feilschte nicht, du feilschst nicht um das Brot, das dein Kind heilen soll. Er kaufte vier kleine Kugeln und eilte zurück nach Nyamata, in der festen Hoffnung, dass dieses so kostbare Brot den kleinen Kranken retten würde.

★

Doch eines schönen Tages kam das Brot in Nyamata an. Nyirabazungu, Die-von-den-Weißen, auch Kilimadame genannt, die Beinahe-Madame, brachte das Brot nach Nyamata. Nyirabazungu arbeitete, worauf ihr Name hindeutet, in Kigali bei den *bazungu* – den Weißen. Sie kümmerte sich um die Kinder von Madame. Aber sie hatte, wenn ich das von einer Frau so sagen darf, mehrere Pfeile im Köcher. Der Beweis, sie hatte eine Reihe Kinder unbekannter Väter, die sie von ihrer Mutter in Nyamata großziehen ließ. Das wurde nicht gern gesehen, denn das Kind eines unbekannten Vaters gilt immer als Unglücksbringer.

Dank ihrer Geschäftigkeit hatte sich Nyirabazungu eine kleine Summe zusammengespart, die es ihr ermöglichte, sich in Nyamata niederzulassen. Dort erregte sie großes Aufsehen. Die Männer, die über ein wenig Geld verfügten, und damit meine ich die Kommunalbeamten und Lehrer, hatten nur Augen für sie. Die ehrwürdigen Familienmütter nahmen Anstoß daran, dass sie sich wie eine unabhängige Frau verhielt, ihrer Meinung nach würde sie allzu bald den Hausfrieden stören. Wir anderen, wir kleinen Mädchen, bewunderten rückhaltlos die Art, wie sie ging und wie sie sich kleidete. Es war, als ob ganz Kigali, die ganze Hauptstadt, zu uns gekommen wäre. Wie sie schwangen wir unseren kleinen Hintern, der es natürlich nicht mit ihrem ins Auge springenden Hinterteil aufnehmen konnte, wir beneideten sie um ihre farbenprächtigen *pagnes*, ihre hochhackigen Schuhe. Die Art, wie sie ihren Foulard um den Kopf schlang, war unnachahmlich und erhielt den Namen *sinabwana*, Die-die-keinen-Mann-hat. Wirklich, so war sie, Kilimadame, die Beinahe-Madame! Auch wenn wir eigentlich vollkommen überzeugt davon waren, nur eine Weiße dürfe sich Madame nennen, in Nyamata konnten wir stolz sein, hatten wir doch immerhin unsere Beinahe-Madame!

Kilimadame eröffnete auf dem Markt von Nyamata einen Laden. Wie in allen Läden gab es dort Bier, das unvergleichliche Primus, Orangen- und Zitronen-Fanta, Zigaretten, Seife ... Doch in Kilimadames Laden, und das war eine Revolution in Nyamata, wurde auch Brot verkauft. Kilimadame hatte die Frauen auf dem Markt von Kigali beobachtet und so von ihnen das Brotbacken gelernt. Hinter ihrem Laden hatte sie einen Backofen gebaut, und in sein rot glühendes Maul versenkte sie die kleinen grauen Kugeln, die in der schönen Farbe trockenen Grases wieder daraus hervorkamen. Liebend gern sahen Candida und ich Kilimadame dabei zu, wie sie den Teig knetete, ausrollte und die kleinen Laibe formte. Wir waren nicht die Einzigen. Um Kilimadames Backofen herum saß immer eine Schar Kinder, und wenn sie die Kugeln aus dem Ofen nahm, verschlangen ihre Blicke diese Brote, die sie nicht essen würden, deren bloßer Anblick sie aber in eine andere Welt versetzte, jenseits des Nyabarongo, in eine glücklichere Welt, von der sie ausgeschlossen waren.

Kilimadames Laden florierte, sie vergrößerte ihn und machte daraus ein »Hotel«. Ein Hotel in Ruanda ist kein Ort, wo man hingeht und ein Zimmer zum Übernachten sucht, es ist eine Kneipe, wo Bier ausgeschenkt wird, wo Fleischspieße serviert und gelegentlich sogar eine »zivilisierte« Küche, das heißt Speisen mit Palmöl angeboten werden. Die Männer – jene, die Rang und Namen haben – finden sich dort bei Einbruch der Dunkelheit ein. Im Laufe des Abends gehen sie immer wieder die gleichen Geschichten aus dem Dorf durch, kommentieren die Nachrichten aus der Hauptstadt. Oft ist das langweilig. Doch wer wirklich ein Mann sein will, jemand, der im Dorf zählt, der muss dort sein. Dank Kilimadame trat Nyamata mit großen Schritten in die Zivilisation ein, aber diese Neuerungen hätten fast die Solidarität untergraben, die die Gemeinschaft der Vertriebenen bis dahin bewiesen hatte, und mitten in den Familien Zwietracht und Argwohn gesät.

Sicher, nicht viele Leute kauften Brot. Unter den Vertriebenen waren es die Lehrer und diejenigen – man konnte sie an den Fingern einer Hand abzählen –, die ihre Tochter mit einem Weißen verheiratet hatten, sowie die Glücklichen mit einem Sohn oder einer Tochter, die »in Ruanda« geblieben waren und dort Arbeit gefunden hatten. Die Sprösslinge solch Privilegierter platzten vor Stolz, sie aßen ihre Brotkugel vor aller Augen, sie aßen betont langsam, ließen sich Zeit, großtuerisch kauten sie das weiche Innere, weigerten sich zu teilen; für ihre Kameraden, die, so enttäuscht wie unglücklich, vorgaben, sie würden gar nicht hinsehen, fielen höchstens ein paar Krümel zum Probieren ab. Und obendrein warf Kilimadames Hotel einen Schatten des Verdachts auf alle Männer, die sich neuerdings bereitwillig zum Markt von Nyamata begaben, um ein Bündel Feuerholz oder ein Bananenbüschel zum Verkauf anzubieten. Würden sie wirklich den gesamten Verkaufserlös, wie es sich für einen vorbildlichen Familienvater gehörte, zu Hause abliefern oder einen Teil, einen beachtlichen Teil, bei Kilimadame vergeuden, indem sie Bier tranken, vor aller Augen einen Fleischspieß aßen und vielleicht, was wirklich der Gipfel von Gier und Egoismus war, ganz allein eine Kugel Brot verzehrten? Stefania ließ die Männer von Gitagata nicht aus den Augen. Das waren die, die sie der verabscheuungswürdigen Kategorie der »Vielfraße« zuordnete, eine Todsünde in Ruanda, besonders für einen Mann. »Er war wieder Brot essen bei Kilimadame«, murrte sie, wenn sie einen Nachbarn dabei erwischte, wie er etwas später als gewöhnlich vom Markt zurückkehrte. »Brot bei Kilimadame essen« bedeutete für die Frauen von Gitagata einen weitaus schwereren Verrat, als die um den Brotbackofen sitzenden kleinen Zuschauerinnen sich vorstellen konnten.

★

Das runde Brot von Nyirabazungu, alias Kilimadame, wurde, wie zu erwarten, zur Auszeichnung für die guten Schüler. Ausschließlich für die Klassenersten. Die Mütter begannen, alles zu verkaufen, was sie verkaufen konnten, Bananen, Bohnen, Erdnüsse, und häuften so unter Entbehrungen einen kleinen Schatz an, den sie immer im Knoten ihrer *pagne* bei sich trugen und mit dem sie, wenn der Tag kam, eine Brotkugel kaufen könnten, den unumgänglichen Preis für den Klassenbesten. Keine Mutter zweifelte daran, Stefania noch weniger als andere, dass eines ihrer Kinder eines Tages Klassenbester würde, die einzige Furcht bestand darin, dass es mehrere auf einmal wären und sie dann nicht genug Geld hätte, um jedem die verdiente Brotkugel zu kaufen.

Die Zeugnisnoten wurden am Ende jedes Trimesters feierlich bekannt gegeben. Das geschah auf dem großen Schulhof, dort, wo ein paar Jahre früher die Deportierten zusammengepfercht worden waren und wo Stefania in einem Klassenraum Julienne zur Welt gebracht hatte. Doch am Tag der Notenverkündigung gaben sich alle die größte Mühe, diese schlimmen Bilder zu verscheuchen, und richteten ihre ganze Aufmerksamkeit auf die Lehrer, die mit ihrer Liste in der Hand auf das Zeichen des Direktors warteten. Die Lehrer standen in der Hofmitte, die Schüler bildeten einen Kreis um sie herum, die aufgeregten, gespannten Eltern drängten sich hinter sie. Die Mütter umklammerten den Knoten in ihrer *pagne*, in dem sie die Münzen und ein paar zusammengeknüllte Scheine aufbewahrten und den sie für ihren Sohn oder ihre Tochter, in die sie ihre Erwartungen setzten, zu öffnen hofften. Die Väter stützten sich auf den Stock, mit dem sie ihren Sprösslingen gedroht hatten, sollte ihr Name unter den letzten drei genannt werden.

Er war stolz, der Klassenbeste, vielleicht nicht so sehr wegen seiner hervorragenden Noten, sondern weil ihm die Gunst zuteilwurde, mit den Münzen, die seine Mutter ihm freudebebend überreicht hatte, die Brotkugel in Kilimadames Laden zu erstehen. Ein Schwarm Kinder folgte ihm mit lautem Geschrei. Er setzte sich zu Hause in den Eingang. Gut sichtbar. Oder aber er entschied sich für einen strategischen Ort, vorzugsweise einen Termitenhügel, wo alle ihn, vor allem aber seine kleine Brotkugel sehen und bewundern konnten. Lange hielt er sie in der Hand, bevor er davon zu kosten wagte. Er aß das Brot mit Genuss, Krume für Krume. Wichtiger als das weiche, fade Innere war für ihn aber die neidgetränkte Bewunderung seiner Kameraden, die er so lange wie möglich genüsslich auskostete.

Auch ich hatte Anspruch auf die Brotkugel von Kilimadame. Einmal, ein einziges Mal. Das war im vierten Jahr der Primarschule, bei Rose. Kaum hatte die Lehrerin meinen Namen aufgerufen, da lief ich zu Mama. Sie weinte vor Freude, als sie die Geldscheine glättete, die sie im Knoten ihrer *pagne* zusammengeknüllt hatte, und ich flog buchstäblich über den Eukalyptushain, der den Schulhof vom Marktplatz und Kilimadames Laden trennte. Als ich das so sehnlich erwünschte Brot in der Hand hielt, fühlte ich mich aber außerstande, es ganz allein zu essen wie eine Schlemmerin; ich brach eine Hälfte ab für meine Mutter und teilte die andere Hälfte mit Jeanne und Julienne. Candida, meine Freundin, die trotz hartnäckigen Bemühens nie die höchste Auszeichnung erreichte, erhielt auch ein kleines Stück.

⋆

Sogar in Kigali, bei den »Entwickelten«, behielt das Brot sein Prestige. Am Gymnasium Notre-Dame-de-Citeaux durften die Schülerinnen kein Brot essen; zum Frühstück gab es statt Brot Porridge mit jeder Menge Rüsselkäfer. Brot bekamen wir nur einmal im Jahr, am Nikolaustag. Oh, der Nikolaustag! Seit dem Wiederbeginn der Schule nach den großen Ferien warteten wir ungeduldig auf diesen Tag, die Mutigsten fragten die Schwestern, ob der Nikolaus bald komme. Wir wussten nicht, wer der heilige Nikolaus war, für uns war Nikolaus der Tag des Brots. Und was für ein Brot! Auf jede von uns wartete am jeweiligen Platz im Speisesaal eine Brioche in Form eines Männchens. Diesmal teilte nicht die Anführerin der Clique, die mir übelwollte, die Portionen aus, für das eine Mal war ich mir sicher, dass ich einen genauso großen Teil wie alle anderen bekam! Manche Mädchen meldeten sich acht Tage vor dem Festtag krank, denn die Kranken hatten Anrecht auf ein größeres Stück und konnten das Nikolausmännchen im Bett auf der Krankenstation in aller Ruhe aufessen. Und in der Woche vor dem Fest duftete es so köstlich aus der Küche von Schwester Marthe, dass wir deswegen nicht mehr schlafen konnten. Es schien uns sogar, als hätte Schwester Marthe den goldenen Teint der Brioches angenommen, die sie zubereitete, als glänzten ihre Wangen vom Überfluss an Öl und Butter, der am Vorabend des Nikolaustags in ihre Küche strömte, wie Milch und Honig im Land Kanaan, von dem die Priester, die Nonnen und Papas Bibel Wunder berichteten. Ich fand es nur schade, dass ich meinen Schwestern und Mama nicht ein Stück vom Nikolausmännchen mitbringen konnte. Vom Fest bis zu den nächsten Ferien dauerte es viel zu lange, als dass sich die Brioche hätte aufbewahren lassen. So konnte ich meinen kleinen Schwestern von den Freuden des Nikolaustags nur erzählen.

Als ich zur Sozialarbeiterinnen-Schule in Butare kam, war ich sehr erstaunt, als ich sah, dass die Schülerinnen zum Frühstück Brot bekamen. Das tägliche Brot, um das wir Gott im Gebet baten, das gab es also. Die Pater hatten uns nicht belogen! Die Schule in Butare, der einzige Hort der Freiheit, den ich in meiner Jugend kennengelernt habe – wie bedaure ich es, dass ich so schnell von dort vertrieben wurde! Ich will nicht wieder daran denken, wie meine Hutukameraden, aufgehetzte Jungen aus dem Schulzentrum, mich jagten, um mich zu töten, mich und meine Tutsikameradinnen … darüber habe ich schon geschrieben … In der Woche vor den Ferien hob ich meinen Anteil Brot sorgsam für Stefania auf. Als ich nach Nyamata aufbrach, hatte ich sechs Brotkugeln im Koffer. Ich legte sie nach ganz unten, unter den blauen Plisseerock und das rosa Kleid. Das rosa Kleid hatte mir Candida geschenkt, sie selbst hatte das Kleid durch inständige Bitten oder Erpressungen von ihrer großen Schwester bekommen. Den blauen Plisseerock hatte ich auf dem Altkleidermarkt in Kigali von dem Geld gekauft, das mir meine Bananen eingebracht hatten. Mama überließ jedem ihrer Kinder ein kleines Stück Garten, und die Ernteerlöse waren unser Taschengeld. Der blaue Plisseerock war wie ein Traum, ich hatte einen ähnlichen Rock gesehen, den die Frauenministerin bei einem Besuch des Gymnasiums Notre-Dame-de-Citeaux trug. Sie war Absolventin der Sozialarbeiterinnen-Schule, ich wollte auch zu dieser Schule gehen, vielleicht würde ich eines Tages Ministerin werden, ich musste einen Rock wie die Ministerin haben! Ich glaube, der Rock hat mich fünfzehn Ruandafrancs gekostet – das war nicht einmal ein Euro. Und, das hätte ich fast vergessen, ich kaufte auch ein T-Shirt, auf dem eine Maus mit großen Ohren abgebildet war. Erst viel später erfuhr ich, dass es Mickymaus war. Ich weiß nicht mehr, ob ich dachte, es würde zum Rock der Ministerin passen.

Ich habe Stefania nie eines meiner Brote essen sehen. Sie nahm die Kugeln, als wären sie Kostbarkeiten, so vorsichtig und so respektvoll, wie der Priester das heilige Sakrament trägt, und verschloss sie in dem kleinen Koffer, den Judith, ihre älteste Tochter, ihr aus der Hauptstadt mitgebracht hatte, zusammen mit einem weißen Nylon-T-Shirt, wie es sich nur Patricia, die Lehrerin, hatte leisten können, und sie sagte mir überglücklich: »Das ist für die Kinder.«

Und die Kinder in Gitagata wussten, dass Stefania Brot hatte … Sie kamen früh am Morgen. Und Mama sagte zu ihnen: »Kommt, Kinder, setzt euch zu mir.« Sie lief zu ihrem kleinen Koffer und nahm eine Kugel heraus, eine Brotkugel, die oft ganz weiß von Schimmel war. »Das ist Moses' Bart«, sagte sie lachend zu den Kindern, die zum Religionsunterricht gingen. Stefania wischte den Bart weg und teilte das Brot auf. Das weiche Innere war von grünlichen Flecken durchzogen, was der Begeisterung und Dankbarkeit der Kinder keinen Abbruch tat. »Nun«, fuhr Stefania fort, »ist es Zeit, zur Schule zu gehen. Versprecht mir, dass ihr brav lernt.« Bisweilen kamen sogar Kinder von weit her, aus Gitwe, aus Cyohoha, aus anderen Dörfern, und riefen: »Stefania, ich war der Erste, Stefania, ich war die Erste.« Und Stefania lief zu dem kleinen Koffer, in dem sich immer ein Stück schimmeliges Brot befand.

Abends betrachteten meine Schwestern und ich das Firmament. Firmament war ein Wort, das wir bei den Patern gelernt hatten. Ich liebte dieses Wort. Sagte es immer wieder vor mich hin. Das Firmament waren für uns die kleinen Wolken, die wie vergoldete Flocken um den Mond schwebten. Und diese Wolken am Firmament, was konnten sie anderes sein als die wunderbaren Brotlaibe, die im

Himmel auf uns warteten. Im Himmel über unseren Köpfen oder in dem Himmel, von dem uns die Pater ständig erzählten. Wie auch immer, wir waren uns sicher, dass es im Himmel viel mehr, viel besseres und viel billigeres Brot gab als im Laden von Kilimadame.

7

Schönheit und Hochzeiten

DAS DRITTE GEBOT GOTTES untersagte jegliche Arbeit am Sonntag. Das betraf nur den Nachmittag, denn der Morgen war der Messe geweiht. Das Feld beackern oder grobe Hausarbeiten verrichten bedeutete, so hatte man uns gelehrt, sich gegen den Herrn versündigen, und sollten wir sein Gebot missachten, könnte es sein, dass er uns über dunklen Wolken erscheinen würde, zornbebend und von Feuerzungen umschlossen, wie auf den Bildern, die uns die Pater in der Messe zeigten. Selbst wenn die Drohung manchen von uns ein wenig übertrieben erschien, waren wir doch alle davon überzeugt, dass dem Auge Gottes nichts entging. In der Kirche hatten wir sein Auge gesehen. Es war immer offen. Gott war nur ein Auge. Eine Art alles überwachende Instanz, die auf keinen Bürgermeister oder andere örtliche Autoritäten angewiesen war. Und um das zu verinnerlichen, mussten wir jeden Mittwoch im Religionsunterricht im Chor aufsagen: »*Mungu aba hose, abona byose, yumva byose, kandi azi byose* – Gott ist überall, er sieht alles, er hört alles, er weiß alles.«

Den Bewohnern Gitagatas blieb also nichts anderes übrig, als sich für einen langen Nachmittag eine Freizeitbeschäftigung zu suchen. Die Männer spazierten von einem Haus zum anderen und erkundigten sich, wo es Hirsebier gab. Am Tor eines jeden Gehöfts blieben sie stehen und ergingen sich in endlosen Grußworten. Wenn die Hausherrin Bier zubereitet hatte, erhielten sie eine Einladung, mit aus dem großen Krug zu trinken. Erst bei Anbruch der Nacht kamen sie heim.

Auch die Frauen besuchten sich, doch für sie war der Sonntagnachmittag vor allem der Schönheitspflege gewidmet. Aber ach! Keine in Gitagata war mehr im Besitz des Universalmittels, das die Gliedmaßen der Babys geschmeidig, die Haut von Kindern und jungen Mädchen glatt und glänzend macht, die Hochfrisur der Frauen in Form hält, Männern die jugendliche Spannkraft bewahrt: *ikimuri* – Kuhbutter. In Gitagata hatten wir keine Kühe mehr und auch kein Geld, um etwas Schönheitsbutter bei den Bagesera zu kaufen, die selbst nur wenig davon hatten. Der Verzicht auf *ikimuri* war für die Mütter eine der schmerzlichsten Folgen des Exils. Was würde aus ihren Kindern ohne den verjüngenden Balsam, der den Gliedern Kraft und Schönheit gab? Später, als der Verkauf der Kaffee-Ernte uns etwas Geld einbrachte, erstanden wir im Laden winzige Fläschchen Erdnussöl, das längst nicht so wirksam war wie *ikimuri*. So konnten die Mütter nichts anderes tun, als die Babys massieren, den kleinen Jungen und Mädchen den Kopf zu rasieren, nur über der Stirn ließen sie einen kreisförmigen Haarschopf stehen.

Später, als wir Teenager waren und uns endlich die Haare wachsen lassen durften, waren die Sonntagnachmittage damit ausgefüllt, sie von Läusen zu befreien. Das geschah im hinteren Hof, hinter dem Haus, denn der intime Vorgang sollte Passanten, zumindest aber Männern, verborgen bleiben. Mamas Nachbarinnen und Freundinnen schauten wie gewöhnlich vorbei: Vor ihnen hatten wir kein Geheimnis. Wie ich schon sagte, ist der hintere Hof die Domäne der Frauen. Dort befindet sich unter freiem Himmel die Küche, ein mit Stroh gedecktes Vordach und Lehmwände schützen sie vor dem Wind. Die Frauen treffen sich hier, halten ein Schwätzchen und rösten Maiskolben. Männer sind nicht zugelassen, sie haben dort nichts zu suchen.

Meine Mutter saß also auf dem Termitenhügel, im Schatten des hohen Kaffeestrauchs, der uns als Sonnenschirm diente. Julienne, Jeanne und ich setzten uns um sie herum auf den Boden. Ohne sie zu sehen, spürte ich, wie sich Mamas Finger in meinen dichten Haarschopf gruben. Meistens, so scheint es mir, waren da keine Läuse, doch die mütterlichen Finger verweilten endlos lange in meiner Haarpracht, und das war für mich wie eine fortwährende Liebkosung.

Die Jagd auf Läuse dauerte bis in den Abend hinein, da sie oft unterbrochen wurde, sei es, um einen prüfenden Blick auf die stundenlang kochenden Bohnen zu werfen, sei es, um die Affen zu verscheuchen, die stets auf die Gelegenheit lauerten, unser Feld zu plündern, ganz zu schweigen von den Unterhaltungen mit den Besucherinnen. Mehrmals wechselten wir den Platz, je nach dem Stand der weiterwandernden Sonne. Wenn ihre Strahlen uns vom Termitenhügel vertrieben, ließen wir uns am Fuß des Hirsespeichers nieder, und bei Sonnenuntergang setzten wir uns unter eine Bananenstaude, nicht weit von dem Gestell, auf dem der Maniok getrocknet wurde.

★

An Sonntagnachmittagen, wenn Mama unsere Haare einmal nicht nach Läusen absuchte, berieten sich die Frauen von Gitagata – und nicht wenige kamen von weiter her – mit Stefania über die Mädchen im heiratsfähigen Alter. Mama war nämlich eine geschätzte Ehestifterin. Ihre Beurteilung dieser jungen Damen spielte bei den Entscheidungen, die die Matronen auf der Suche nach einer Frau für ihre Söhne treffen mussten, eine wichtige Rolle. Sie setzten sich auf den Termitenhügel, unter den Kaffeebaum. Stefania besprach mit der eventuellen Schwiegermutter die Vorzüge und Schwächen, die ihr an dem für die Heirat infrage kommenden Mädchen aufgefallen waren. Stammte sie aus einer achtbaren Familie? Wiesen ihre Umgangsformen und ihr Verhalten auf eine gute Erziehung hin? War sie arbeitsam und murrte nie, wenn sie die Hacke in die Hand nehmen sollte? Gab es Hinweise, dass sie problemlos schwanger werden würde? Natürlich wurde auch ihre Schönheit eingehend begutachtet: Hatte ihr Gang, wie es in den Liedern hieß, die Anmut der Kuh? Versprühten ihre Augen den gleichen unwiderstehlichen Zauber wie die einer Färse? Schwang sie majestätisch ihr Hinterteil? Vernahm man, wenn sie vorbeischritt, das süße Rascheln ihrer sich aneinanderreibenden Schenkel? Waren ihre Beine von einem feinen Netz heller Streifen überzogen?

Dem ruandischen Schönheitsideal zu entsprechen war keine leichte Sache! Wenn die Frauen zusammensaßen, war es das beliebteste Gesprächsthema. Die Mädchen im heiratsfähigen Alter aus Gitwe, Gitagata, Cyohoha kamen eine nach der anderen an die Reihe, in der Aufeinanderfolge der Tripolo-Häuser. Die Mütter nahmen die Eigenschaften und Fehler aller Heiratskandidatinnen unter die Lupe, insbesondere die Fehler. Das heißt auf Kinyarwanda *kunegurana* und gibt Anlass zu großem Gelächter. Als unparteiische Richterin erwähnte Stefania auch die Fortschritte, die sie bei dieser und jener festgestellt hatte. Keine wurde endgültig zurückgewiesen, jede erhielt eine zweite Chance.

Den jungen Mädchen, die sich nach einem Ehemann umsahen, war bewusst, welchen Einfluss meine Mutter auf ihre Heiratspläne ausüben konnte. So gaben sie sich unter allen möglichen Vorwänden bei uns im hinteren Hof ein Stelldichein und präsentierten sich Stefania, in der Hoffnung, sie für sich einzunehmen. Defilierten sie vor unserem Kaffeebaum, putzten sich die Mädchen noch mehr heraus, als wenn sie zur Messe gingen. Es war ein wahrer Wettbewerb der Eleganz, eine Modenschau. Unauffällig suchten sie im Blick meiner Mutter ein Zeichen der Zustimmung. In diesem Fall, das war den glücklichen Auserwählten klar, würden sie ohne Schwierigkeiten einen Ehemann finden.

Auch ich spielte bei den Heiratsangelegenheiten eine Rolle. Die der Doppelagentin. Die kleinen Mädchen sind die Vertrauten der jungen Mädchen, die heiraten wollen. Wenn sie sich, im Verborgenen hinter dem Bananenhain, schön machen, folgen ihnen die kleinen Mädchen und massieren ihnen den Rücken. Die Stimmung ist entspannt, es wird geschwatzt und bald Vertrauliches ausgetauscht. Die Mädchen fragten mich mehr oder weniger geschickt danach aus, was Stefania über sie sagte. Ich versuchte, ihnen so allgemein wie möglich zu antworten. Sie erkundigten sich auch bei mir, ob Angelina, meine Patin, die Ehefrau des Lehrers an der großen Schule und eleganteste Frau in Nyamata, eventuell bereit sei, ihnen für das Fest oder die Hochzeit eine ihrer *pagnes* zu leihen. Da sie sich meinen Blicken hüllenlos und unverstellt zeigten, konnte ich Mama von ihren Vorzügen und Mängeln berichten, die mir im Moment der Vertraulichkeit, wenn sie sich fein machten, auffielen. Die meisten ließen sich von meinen Spionagetätigkeiten nicht täuschen, manche gingen sogar bereitwillig darauf ein, andere, wer weiß, warum, sträubten sich und beriefen sich auf ein nicht zu erschütterndes Schamgefühl.

Aber wie kannst du wissen, ob du schön bist, wenn du keinen Spiegel besitzt? Spiegel gab es nicht in Gitagata, nicht einmal im Laden; im größten Geschäft von Nyamata lagen sie ganz oben im Regal, hinter der Theke – unmöglich, in sie hineinzuschauen, selbst wenn der Verkäufer abgelenkt war, weil er einen neuen Kunden begrüßte. Der einzige Spiegel waren die anderen: der zufriedene Blick oder die entmutigenden Seufzer deiner Mutter, die Bemerkungen und Kommentare deiner großen Schwester oder deiner Kameradinnen und dann das Gerede im Dorf, das dich schließlich erreichte: Wer ist schön? Wer ist es nicht?

Und wie konntest du ohne Spiegel sicher sein, dass deine Gesichtszüge wenigstens teilweise den Schönheitskriterien entsprachen, die von den Ehestifterinnen gepriesen und von den Liedern, Sprichwörtern und Erzählungen gefeiert wurden: eine üppige Haarpracht, die jedoch die Stirn freilässt, eine gerade Nase (diese kleine Nase, die über den Tod so vieler Ruander entschied), schwarzes Zahnfleisch wie das von Stefania, ein Zeichen guter Abstammung, auseinanderstehende Zähne … Wenn die Sonne günstig stand, beugtest du dich über eine Pfütze und sahst dir dein Spiegelbild an. Doch das verschwommene Porträt tanzte vor deinem ohnmächtigen Blick. Dein Gesicht im Wasser kräuselte sich, zerfranste, zerfiel in Lichtblitze. Dein Gesicht würde nie so dir gehören, wie wenn du es im Spiegel erblicktest, es war immer für die anderen.

Was Eleganz und gute Manieren anging, musstest du nur dem Beispiel und Rat deiner Mutter folgen: den unangestrengten, ausbalancierten Gang der Frauen im Dorf imitieren (bei jedem ihrer Schritte schienen sie auf der Stelle zu verharren), deine Umgebung eher beiläufig in den Blick nehmen und vor allem, wenn du angesprochen wurdest, stets die Augen niederschlagen (welche Schande für ein junges Mädchen, jemandem ins Gesicht zu sehen!) und mit leiser Stimme antworten, kaum vernehmbar, mit sanftem Murmeln, ein melodischer Hauch … Bei der Frisur zähltest du am besten auch auf deine Angehörigen. Damenfriseure existierten nicht, weder in Gitagata noch in Nyamata; die Männer gingen zum *kimyozi*, der neben Berkmasse, dem Schneider, die einzige Schere im Dorf sein Eigen nannte und für seine Kunden unter einen Ficusbaum am Straßenrand einen Stuhl aufgestellt hatte. Also schnitten deine Schwester oder eine Freundin aus deinem dichten krausen Schopf die geometrisch angeordneten Haarbüschel in Form eines Halbmonds, die *amasunzu,* die junge Mädchen bis zu ihrer Hochzeit tragen. Als ich in Frankreich die Gärten der Schlösser von ehedem besucht habe, fiel mir auf, dass die Könige ihre Buchsbäume so schneiden ließen wie wir unsere Haare. Ich habe es nicht gewagt, mit meinem Vergleich den allzu klugen Führer zu behelligen, der von einem gewissen Gärtner namens Le Nôtre sprach.

Amasunzu waren aber nicht für kleine Mädchen gedacht, auch nicht für Teenager. Je nach Alter gab es unterschiedliche Frisuren. Kleinen Kindern, gleichgültig, ob Jungen oder Mädchen, wurde der Kopf rasiert – bis auf ein kleines rundes Haarbüschel, einer Troddel ähnlich, knapp über der Stirn. Mit der Pubertät, etwa im Alter von zwölf, dreizehn Jahren, ließ man das Haar wachsen. Die Mädchen schnitten sich nie die Haare. Wenn sie lang genug waren, wurden sie am Hinterkopf zusammengebunden. *Amasunzu* wurden erst mit achtzehn oder zwanzig Jahren getragen. Das bedeutete, dass die Betreffenden im heiratsfähigen Alter waren, dass sie einen Ehemann suchten, den Märchenprinzen, wie man in Frankreich sagen würde. Zur gleichen Zeit legten sie das kleine Stück Stoff ab, das ihnen bis dahin als Rock diente, und hüllten sich in die respektable *pagne* der verheirateten Frauen und Familienmütter. Dank der *amasunzu* waren sie leicht von den anderen zu unterscheiden.

Ich durfte nie *amasunzu* tragen. Im Gymnasium in Kigali war ich zu jung, und zudem wurde dort Koketterie für schlimmer befunden als die sieben Todsünden zusammen. Wenn wir sonntags unter der strengen Aufsicht einer Nonneneskorte spazieren gingen, durfte nichts die begehrlichen Blicke der Jungen oder, schlimmer noch nach Meinung von Schwester Kizito, die der verheirateten Männer auf sich ziehen. Wer hätte uns aber schon bemerkt in unseren unscheinbar grauen Schuluniformen und mit unseren kahl geschorenen Köpfen?

In Butare, an der Sozialarbeiterinnen-Schule, war es völlig anders. Die neuesten Moden aus der Stadt, die eine Anzahl emanzipierter Schülerinnen einführte, wurden von den meisten Lehrerinnen großzügig toleriert, wenn nicht sogar gefördert. Von *amasunzu*, dem archaischen und entwürdigenden Brauch, war keine Rede mehr. Haare glätten war die Parole. Glattes Haar war das neue Schönheitsideal der modischen Jugend. In der Schule verfügten nur wenige privilegierte Mädchen über das für die Haarbehandlung notwendige Instrument: einen Metallkamm mit zahlreichen, eng aneinanderstehenden Zähnen und einem hölzernen Griff. Du musstest ihn über dem Feuer erhitzen und durch dein wildes, dichtes Kraushaar ziehen, dann verwandelte es sich in glatte, seidige Locken, die in langen Ringeln über deine Schultern fielen. Was hätten wir nicht alles getan, um diesen Wunderkamm zu bekommen! Doch es war so gut wie unmöglich, ihn sich auszuleihen. Die glücklichen Besitzerinnen des Instruments, Töchter reicher Kaufleute oder hoher Beamter, verstanden sich gut darauf, seine Benutzung einzuschränken und das Monopol auf geglättete Haare exklusiv auszuüben. Das anmaßende Monopol hatte aber nicht lange Bestand. Wir, die armen Mädchen vom Lande, hatten rasch eine andere Methode des Haareglättens entdeckt. Die Idee kam uns in der Waschküche. Am Samstagnachmittag wuschen und bügelten wir dort unsere Kleidung. Zum Bügeln stand ein Holzkohlebügeleisen zur Verfügung. Obwohl das Eisen schwer und weniger handlich war als der Kamm, konnten wir damit, wenn wir es erhitzt hatten, die Haare glätten. »Wir gehen unsere Haare bügeln«, sagten wir lachend. Um das Ergebnis zu verbessern, bestrichen wir die Haare mit

Schmalz, das wir heimlich von den Frühstücksbroten nahmen, das köstliche Schmalz, das unsere Butter war! Nicht immer entsprachen die Resultate unseren Erwartungen: Unsere Haare glichen manchmal eher den Stacheln des Stachelschweins als den langen, weichen Locken, die wir uns erträumt hatten. Trotz einiger Unfälle konnten unsere mit dem Bügeleisen geglätteten Haare aber mit denen konkurrieren, die der Kamm der Reichen entkraust hatte. In Frankreich, zehn Jahre später, wollte ich eiligst diesen Wunderkamm erstehen, den ich mir so sehr gewünscht hatte: »Ist der für einen Pudel?«, fragte mich die Kassiererin.

Als ich zu Ferienbeginn mit meiner neuen Frisur nach Gitagata zurückkehrte, hatte Mama nichts daran auszusetzen. Sie strich mir über das Haar, setzte sich auf den Termitenhügel, musterte meine Frisur und kam zu dem Schluss, dass dies der Fortschritt war, *amajyambere*, wie die Devise der Republik lautete. Trotzdem hielt sie an ihrer Meinung fest, dass nicht zuletzt auch durch die Kühle im ruandischen Bergland geheilt worden war, was die glühende Sonne der Bugesera auf meinem Kopf versengt hatte.

★

Amajyambere, der Fortschritt, die Entwicklung, die der Bürgermeister in seinen Reden wieder und wieder beschwor, gelangte hauptsächlich mit der Handvoll Schülerinnen aus Nyamata, die zur Sekundarschule gingen, auf die andere Seite des Nyabarongo. Das Tragen von Unterhosen, zum Beispiel, habe ich zu Hause eingeführt. Im Gymnasium Notre-Dame-de-Cîteaux war das Tragen von Unterwäsche obligatorisch. Zur Wäscheausstattung, die sich die Schülerinnen beschaffen mussten, gehörten zwei Unterhosen – zwei *ikaliso*. Stefania und ich fragten Berkmasse, den Schneider, um Rat. Er wusste, worum es sich handelte. Gegen ein geringes Entgelt nähte er mir aus Stoffresten zwei Unterhosen. Ich legte sie sorgfältig in den kleinen Pappkoffer, der vormals Alexia gehört hatte.

Diese beiden *ikaliso* waren für das erste Trimester, für das zweite mussten wir ein Stück Stoff aus weißer Baumwolle kaufen, die »Americani« hieß. Wir brachten es zum Nähunterricht mit, der vornehmlich dem Schneidern unserer Unterhosen gewidmet war. Jede musste einen ganzen Vorrat davon haben. Die Lehrerin, Madame Julia, eine Belgierin, deren Lippen zu unserem großen Erstaunen so rot waren wie der Schnabel des Vogels *ifundi*, versetzte uns mit ihrem großen Stock, mit dem sie die Stoffstücke in Yards und Zoll abmaß, in Angst und Schrecken. Wir nannten sie Kamujijima, ein Spitzname, hinter dessen Bedeutung ich nie richtig gekommen bin, der aber mit Sicherheit etwas mit der Furcht zu tun hatte, die sie uns einflößte. Nur wenige Wochen später trugen alle neuen Schülerinnen im Gymnasium die gleichen Unterhosen wie die alten, die ihnen bis fast an die Knie reichten. Jeden Abend gaben unsere *ikaliso* im Schlafsaal Anlass zu einem merkwürdigen Ritual: Nach dem Gebet mussten wir sie unter dem inquisitorischen Blick der Aufsicht führenden Ordensschwester ausziehen, sie im Takt ausschütteln und akkurat am unteren Bettpfosten aufhängen, damit die diensthabende Nonne sie in Augenschein nehmen konnte. Und während wir in den Schlaf sanken, flatterten am Bettende unsere Unterhosen wie die Flagge der triumphierenden Zivilisation!

De facto bauten die Nonnen darauf, dass wir das Tragen von Unterwäsche in den Dörfern verbreiteten. Wir waren zu Missionarinnen der Unterhose befördert worden. Die *ikaliso*! Sie waren etwas Neues, das alle im Dorf verbliebenen Mädchen faszinierte. Mitunter ertappte ich eine meiner kleinen Schwestern dabei, wie sie meinen Koffer öffnete und heimlich eine meiner *ikaliso* nahm, da sie sicherlich einer ihrer Freundinnen versprochen hatte, sie ihr zu zeigen. Lange Zeit blieb die Unterhose aber den wenigen Mädchen vorbehalten, die es wie ich an die Sekundarschule geschafft hatten. Sie war der Stolz der Gebildeten, das Privileg der Mädchen, denn die Jungen, die die Oberschule besuchten, trugen eine kakifarbene kurze Hose, *ikabutura* genannt, und nichts darunter. Die Pater zerbrachen sich darüber nicht den Kopf. Und überdies, so die weit verbreitete Meinung, von welchem Nutzen sollte eine zweite *ikabutura* unter der ersten schon sein?

Stefania wusste die intime Neuheit sofort zu schätzen, als sie entdeckte, dass ich eine Unterhose trug. Sie bat mich umgehend, aber hinter vorgehaltener Hand, ihr eine Unterhose nach Kamujijimas Muster zu nähen. Sie war stolz darauf. Sie erzählte ihren Freundinnen in allen Einzelheiten, welche Vorteile es für ein Mädchen hat, eine Unterhose zu tragen, doch jede erriet, dass sie ihre eigene anpries.

★

Für Mama war jedoch nicht ich die wichtigste Entwicklungsagentin, nicht Alexia, auch André nicht, sondern die Nachbarin, Marie-Thérèse, die Frau von Pancrace. Zwar stand sie ihr nicht völlig unkritisch gegenüber, nach ihrem Dafürhalten übernahm Marie-Thérèse allzu oft wahllos

Neuheiten, doch hörte sie nie auf, sie zu beobachten, und häufig folgte sie ihrem Beispiel. Bei den Neuheiten, die zuerst nur bei Pancrace zu bewundern waren, wussten alle, wer sie herbrachte: Sie stammten von Felicitas, Marie-Thérèses ältester Tochter, die bei den Abenebikira-Maria-Schwestern ins Noviziat eingetreten war, ich weiß nicht mehr, wo, vielleicht in Save. Der Eintritt ins Kloster war im Ruanda der Belgier wie im Ruanda des Präsidenten Kayibanda der einfachste Weg zum Eintritt in die »Zivilisation«. In den Priesterseminaren oder in den Noviziaten war alles – oder fast alles – an Kleidung, Ernährung, Bettwäsche wie bei den Weißen. Wer die aufoktroyierten Verhaltens- und Frömmigkeitsregeln mit der nötigen Überzeugung einhielt, trat ohne große Anstrengung der beneideten Gruppe der »Entwickelten« bei. Felicitas ließ also die Familie an den Errungenschaften der Moderne teilhaben, und diese breiteten sich trotz böser Zungen und Neider unaufhaltsam in der Nachbarschaft aus.

Felicitas! Sie hatte mehr als nur einen in Gitagata erzürnt, als sie ihren Vater überredet hatte, ihr neben dem Tripolo-Haus ein Häuschen für sie allein zu bauen. Hatte man so etwas je gesehen? Ein junges Mädchen, das nicht verheiratet war und das vielleicht, wenn es weiterhin den merkwürdigen Vorstellungen der Weißen folgte, niemals heiraten würde, lebte allein, schlief allein, ohne ihre Schwestern, ja wirklich, ohne ihre Schwestern! Es erschien schockierend, gegen jede Tradition, dass sie allein schlafen wollte, wo sie doch so viele kleine Schwestern besaß, die selbstverständlich ihren Platz auf der Matte neben der ältesten einzunehmen hatten. Das ganze Dorf redete von nichts anderem als von Felicitas' »Heim«, ein Wort, das sie von den Nonnen übernommen hatte, das den großen Schülern der sechsten Grundschulklasse und sogar ihrem Lehrer unbekannt war und, so kam es uns vor, die so verschriene Wohnstatt in einen geheimnisvollen Schleier einhüllte. Tatsächlich öffnete Felicitas niemandem aus dem Dorf ihre Tür, nicht einmal den Nachbarn. Candida und ich suchten jeden Vorwand, um in das Haus eingeladen zu werden. Nichts passierte. Felicitas erzählte uns in aller Ausführlichkeit von ihrem außergewöhnlichen Leben bei den Abenebikira-Maria, doch sie unterhielt sich mit uns vor der Tür des »Heims«, die sich nicht einen Spalt öffnete.

Gerüchte kamen auf, dass ihre Tür vielleicht nicht jedem verschlossen war. Warum, fragte man sich, war das Häuschen nicht hinter dem Tripolo-Haus gebaut worden, im *ikigo*, im Frauen vorbehaltenen Bereich, sondern an der Piste, unweit der Kaffeesträucher? Bestimmt, um Jungen einzuladen. Und den ganzen Tag lang, bis spät in die Nacht, erklang dort Musik: Felicitas spielte die *inanga,* die achtsaitige Zither, was einer Frau absolut verboten war. Und oft spazierte sie mit ihrer *inanga*, die, wie wir bald feststellten, nicht unsere traditionelle *inanga* war, sondern die der Weißen, eine Gitarre, die Piste entlang, und sie sang, und die Kinder folgten ihr und sangen im Chor das Lied nach, das sie bei den Ordensschwestern gelernt hatte. Der Fortschritt, *amajyambere*, war auf dem Vormarsch, wenn er, zum Guten oder Bösen, auf der Straße von Gitagata flanierte – davon waren alle überzeugt.

★

Aber da war noch etwas anderes, will sagen ein anderes Häuschen, kleiner als das erste, woran es angebaut war. Es war nicht ersichtlich, wozu es dienen konnte. Es war zu klein, um eine Matte darin auszubreiten; man konnte nicht darin kochen, es war ganz bestimmt kein Hirsespeicher und kein Gestell zum Manioktrocknen. Die Tür blieb, wie die des »Heims«, immer geschlossen. Stefania beobachtete das Häuschen heimlich. Eines Tages stand zufällig die Tür offen, und sie sah Felicitas bequem auf einer Art Holzbank sitzen, mit hochgezogenem Rock. Es gab keinen Zweifel: Das kleine Häuschen war eine Latrine, Felicitas' Latrine.

Als Stephanias Entdeckung in Gitagata bekannt wurde, war sie Anlass zu allerlei Überlegungen. Bei den meisten diente eine große Grube am Ende des Bananenhains als Latrine. Dort verrichtete man gemeinsam seine Notdurft. Mitunter fiel nachts ein Soldat auf Patrouille in das Loch. Wir hörten seine Schreie. Darüber mussten wir lachen, fürchteten uns aber vor seiner Rache. Besonders Raffinierte deckten die Grube mit Stämmen ab und ließen nur ein kleines viereckiges Loch, über das wir uns hockten. Andere, so wie wir, umgaben die Latrine mit einer Umzäunung aus Ästen, doch sie war immer unter freiem Himmel. Es war unvorstellbar, sich ohne Sonne und Wolken über dem Kopf zu erleichtern. Wenn man nachts austreten musste, kam es nicht infrage, bis zur Latrine zu gehen. Wer den Bananenhain durchquerte, riskierte unangenehme Begegnungen: eine Schlange, ein Leopard, ein Soldat. Man wagte sich nicht weiter als bis zum *ikigo*, morgens musste jeder seine Hinterlassenschaft spurlos entfernen. Das Wiedererkennen der Exkremente war oft Gegenstand nicht endender Wortwechsel, die immer von Stefania entschieden wurden. Sie bestand darauf, dass sie als Mutter zweifelsfrei bestimmen könne, was wem gehörte.

Nach und nach erhielten wir dank Marie-Thérèse, der ihre Tochter schließlich erlaubt hatte, das Häuschen zu benutzen, eine getreue Beschreibung dessen, was Felicitas, laut ihrer Mutter, als ihre Toilette bezeichnete. »Das Erstaunliche ist«, sagte Marie-Thérèse, »dass ihr auf einem Tongefäß sitzt, das die Form eures Hinterns hat. Stundenlang könntet ihr da sitzen bleiben!« Es war für uns nicht ganz leicht zu begreifen, dass es sich bei dem fraglichen Tongefäß um den Hals eines Kruges handelte, der sorgfältig abgetrennt worden war und nun als Kloschüssel diente, wie die, die ich viel später in Butare sah. Übrigens, fügte Marie-Thérèse hinzu, könne man so etwas von den Batwa-Töpfern anfertigen lassen … Die neue, von Felicitas eingeführte Toilette kam sehr schnell in Gitagata in Mode. Die Frauen überredeten ihre Männer, neue Gruben auszuheben und die gleichen Anlagen einzubauen wie bei Marie-Thérèse. Das war der Fortschritt, *amajyambere*! Wie hätten sie wissen können, dass viele von ihnen ihr Grab aushuben!

*

Unter all den Neuheiten, die Marie-Thérèse ihren neidischen Nachbarn mit wohl diebischem Vergnügen vorführte, gab es eine, die Stefania sofort mit Begeisterung übernahm. Marie-Thérèse hatte eine Menge weißer Haare. Weißes Haar wird bei einer Frau nicht sonderlich geschätzt, es sei denn, sie wäre eine achtbare Großmutter. Marie-Thérèse verbarg ihr Haar unter einem Foulard, doch oft verriet sie eine widerspenstige Strähne. Auf jeden Fall wusste das ganze Dorf: Marie-Thérèse hatte weiße Haare. Eines Tages jedoch kam sie ohne Foulard aus dem

Haus, und ihr Haar zog alle Blicke auf sich: Es war tiefschwarz, glänzte, und dieses Schwarz, viel schwärzer als unsere Haut, fiel ihr dazu noch in langen Streifen über die Stirn. Marie-Thérèse verweigerte eine Erklärung für die Verwandlung, die ihr Haar erfahren hatte. Mama wagte nicht, sie mit weiteren Fragen zu behelligen, doch sie war fest entschlossen, hinter ihr Geheimnis zu kommen.

Assumpta, Felicitas' kleine Schwester, plauderte das Geheimnis aus. Den Sonntagnachmittag verbrachte sie regelmäßig bei uns im hinteren Hof. Wie die anderen Mädchen, die sich zu verheiraten gedachten, präsentierte sie der Jury, die unter Stefanias Vorsitz auf dem Termitenhügel tagte, ihre Vorzüge. Stefania hatte keine große Mühe, ihr die Würmer aus der Nase zu ziehen. Assumpta erklärte stolz, dass Felicitas ein schwarzes Pulver mitgebracht hatte, mit dem sich die älteren Nonnen die Haare färbten. Das Produkt sollte, wie alle geheimnisumwobenen Mittel, aus Sansibar stammen. Es hieß Kanta und war übrigens auch auf dem Markt in Kigali erhältlich. Am Ende der Ferien, am Tag meines Aufbruchs nach Kigali, steckte Mama diskret ein paar Geldstücke in mein Bündel, die sie dank harter Arbeit angespart und unter ihrem Bett versteckt hatte, und sagte leise zu mir: »Vergiss nicht, mir etwas Haarpulver mitzubringen.«

⋆

Und dann waren da die Füße! Die Füße stellten wirklich ein Problem dar! Kerzengerade Beine, ohne die hässliche Wölbung der Wade, galten in Ruanda als Schönheitskriterium, die Füße mussten demnach klein sein, fein, die Zehen lang und dünn. Wie willst du dir aber deine schönen Füße bewahren, wenn du barfuß über die Piste laufen und von morgens bis abends barfuß die Erde umgraben musst? In Kigali, im Gymnasium, war es den Mädchen aus der Stadt ein Leichtes, sich über die lustig zu machen, die vom Land kamen mit Füßen, an denen noch lehmige Erde klebte. Um zu wissen, wer du bist, woher du kommst, sah man zuerst auf deine Füße. Davon waren auch die Lehrerinnen nicht ausgenommen. An der Sozialarbeiterinnen-Schule in Butare wurden die neuen Schülerinnen, sobald sie das Eingangstor passiert hatten, von den Älteren vorgewarnt: »Seht euch die Füße von Obervolta an!« Diese Aufforderung, die die Älteren mit einem vielsagenden Blick wiederholt an uns richteten, stürzte meine Kameradinnen und mich in tiefe Ratlosigkeit. Wie sollten wir sie deuten? War es ein weiser Rat, ein Rätsel, ein Code, den es zu entschlüsseln galt, eine Falle, die die Älteren uns unschuldigen Erstsemestern stellten? Was es uns auch kosten mochte, wir wollten das Geheimnis der Füße von Obervolta ergründen. Gleich am Nachmittag des ersten Schultags machte uns die Direktorin, im Beisein des gesamten Kollegiums, mit dem Schulbetrieb bekannt. Die meisten Lehrerinnen waren Nonnen. Sie waren alle weiß, bis auf eine. Logischerweise konnte nur die Schwarze Obervolta sein. Prompt richteten sich die Augen aller Neuen auf Obervoltas Füße. Unmöglich, einen Blick darauf zu werfen. Obervoltas Kleid fiel bis auf den Boden und bedeckte vollständig ihre Füße. Die Füße von Obervolta stellten wirklich ein Mysterium dar, denn wie keiner von uns entgangen war, waren die Kleider der anderen Nonnen nicht so lang und ließen ihre mit Sandalen beschuhten Füße sehen. Nur Obervolta versteckte ihre Füße. Welche Unförmigkeit, welche Missbildung verbarg sie unter dem Saum ihres Kleids? Ein paar Tage später wurde das Geheimnis ihrer Füße in seiner ganzen Grausamkeit enthüllt. Während einer Unterrichtsstunde betrat Obervolta die Klasse, sie hatte irgendetwas bekannt zu geben. Das Lehrerinnenpult stand auf einem Podest. Um dorthin zu gelangen, musste man zwei Stufen hinaufgehen. Wenn Obervolta vom Podest aus zu uns sprechen wollte, musste sie, um ein Stolpern zu vermeiden, den Rock anheben. Dabei würde sie unweigerlich ihre Füße entblößen. Alle Blicke hefteten sich an den Saum ihres Kleids. Was würde sie tun? Sie schien zu zögern. War sie sich der seltsamen Aufmerksamkeit bewusst, die ihr zuteilwurde? Schließlich überwand sie sich, ergriff beherzt den Stoff ihres Gewands und stieg, so schnell sie konnte, ohne ihre Würde als Lehrerin aufzugeben, die zwei Stufen der Holztreppe hinauf. Doch nicht schnell genug, denn wir hatten Zeit gehabt – ein dumpfes Raunen ging durch die Klasse –, ja, wir hatten Zeit gehabt, sie zu sehen, die Füße von Obervolta.

Ich werde die Füße von Obervolta nicht näher beschreiben. Ich erinnere mich aber, dass ich einige Zeit später beim Durchblättern des Lehrbuchs für Geschichte und Geografie auf zwei Zeichnungen oder zwei Fotos stieß, die mich sofort an die Füße von Obervolta denken ließen. Eine Abbildung zeigte Berge oder Hügel, die durchgeschnitten waren wie ein Stück Kuchen, und so die übereinanderliegenden Erd- und Gesteinsschichten freilegten, anhand derer die Geologen, so wurde uns erklärt, die Geschichte der Kontinente entschlüsselten und das Alter der Erde bestimmten. Die zweite Abbildung zeigte eine Art archäologische Grabung, wo sich, besagte die Bildunterschrift, anhand von in den tiefsten Schichten aufgefundenen, kaum behauenen Steinen die ersten Spuren der Menschheit nachweisen ließen. Und da schien mir, dass auch ich, hätte ich die Füße von Obervolta von Nahem betrachten können, daran die Zeitalter der Menschheitsgeschichte hätte ablesen und von Generation zu Generation zurückverfolgen können bis zu jener Frau, die als Erste mit gebeugtem Rücken und der Hacke in der Hand die rote Erde Afrikas aufbrach. Doch ich war jung, und das machte mir Angst. Stattdessen sah ich auf meine Füße und die Schuhe mit hohen Absätzen, die mir meine Freundin Immaculée in Kigali geschenkt hatte. Und stellte mit Erleichterung fest, dass meine Füße noch hineinpassten. Heute würde ich die Füße von Obervolta vielleicht küssen, ganz sicher aber die meiner Mutter, die Füße der Nährmütter, deren Kind Afrika ist.

8

Antoines Hochzeit

DIE BERÜHMTEN FÄHIGKEITEN meiner Mutter, Ehen zu stiften, erlitten jedoch einen Rückschlag, und zwar einen schweren, denn es handelte sich um die Hochzeit von Antoine, ihrem ältesten Sohn! Schon lange hatte Mama sich nach einer Braut für Antoine umgesehen, sie musste aber so perfekt sein, dass kein junges Mädchen aus Gitagata oder anderswoher auch nur annähernd dem Bild der idealen Ehefrau entsprach, die sie sich für Antoine wünschte. Eines schönen Tages aber siedelte sich eine neue Familie in der Nähe von Gitagata an, zum Cyohoha-See hin. Ich weiß nicht mehr, woher sie kamen, vielleicht aus Kanzenze, nicht weit vom Nyabarongo-Tal oder sogar von noch weiter her, aus Bwanacyambwe, Richtung Kigali. Alle Einwohner Gitagatas blickten auf die Neuankömmlinge: Nach landläufiger Meinung mussten sie bitterarm sein, der beste Beweis dafür war doch wohl, dass sie nur drei Kinder hatten, und schlimmer noch, drei Mädchen! Auch ging das Gerücht um, dass sie Heiden waren, denn die drei Mädchen hatten nicht einmal Taufnamen. Und tatsächlich waren sie nur unter ihren ruandischen Namen bekannt: Mukantwari, Mukarukinga, Mukasine.

Das Gerede und die üble Nachrede hielten meine Mutter nicht davon ab, auf eine der drei Schwestern, Mukasine, die älteste, ein besonderes Augenmerk zu richten. Sie erkannte in ihr auf der Stelle die künftige Ehefrau für Antoine, auf die sie schon so lange gewartet hatte. Es war ein Geschenk des Himmels, ein Wunder, und dafür dankte sie der Jungfrau Maria und ganz besonders Ryangombe, dem Herrn der Geister. Obwohl gute Christin, sagte meine Mutter, dass man niemanden übergehen dürfe, schon gar nicht die Götter der Vorfahren: »Du musst die gesamte Hirse jäten«, sagte sie immer, »du weißt nie, welche als Erste Frucht trägt.« Maria oder Ryangombe, sie wusste nicht, wer ihre Gebete erhört hatte, jedenfalls war es besser, sich mit beiden gutzustellen.

In den Augen meiner Mutter war Mukasine die Schönheit in Person: sehr groß, das hatte sie von ihrem Vater, der hochgewachsen war wie eine Lanze, der helle Teint, den man *inzobe* nennt und der nichts zu tun hat mit der ominösen Blässe, die, wie es heißt, den Blitz anzieht, prächtiges Haar wie das von Mukasonga, freute sie sich, einen wohlgeformten Po. Und die Beine! Und die Oberschenkel! Mukasine vereinte all die Vorzüge auf sich, die die Ruander der Kuh zuschreiben, und da sie diese in Perfektion besaß, war sie eine *inyambo*, eine königliche Kuh! Und außerdem: Hieß sie nicht *isine*, die Kuh mit dem goldbraunen Fell? Meine Mutter sagte es sich immer wieder: Sie hatte eine *inyambo* gefunden!

Selbstverständlich war körperliche Schönheit nicht die einzige Eigenschaft, die eine Heiratskandidatin auszeichnen sollte. In dem Unglück und Elend, in das uns unser Exil in Nyamata gestürzt hatte, zählte bei einer guten Ehefrau vor allem eines: ihre Arbeitskraft. Sie musste das Feld bestellen, das die Familie ernährte: die Erde umgraben, jäten, mit nackten Füßen im Schlamm und mit Schwielen an den Händen vom Hacken. Niemals beschwerte sich eine gute Familienmutter über Arbeit, so schwer sie auch sein mochte. Meine Mutter wollte sich vergewissern, dass Mukasine ebenso arbeitsam wie schön war. Zu diesem Zweck war sie mehrfach vor Sonnenaufgang aufgestanden und die zwei Kilometer zu Mukasines Haus gelaufen. Unter dem Vorwand, in der Nachbarschaft Freundinnen zu besuchen, hatte sie den ganzen Tag lang das Tun derjenigen beobachtet, die vielleicht bald ihre Schwiegertochter würde. Von ihrer Spionagetätigkeit war sie rundum zufrieden heimgekommen. Mukasine stand frühmorgens auf und war, wenn sie sich vom Bett erhob, ebenso schön wie unter der prallen Mittagssonne. Vor allem aber war sie eine unermüdliche Arbeiterin, keinen Augenblick ruhte sie sich aus, sie zerpflügte die Felder, schwärmte meine Mutter.

Stefania verschwieg nicht, dass der Arbeitseifer verantwortlich war für den einzigen körperlichen Mangel, den sie an Mukasine entdecken konnte. Die schöne Mukasine hatte enorm große Füße, echte Füße einer Bäuerin, zerfurcht, rissig, schwielig. Es war, als ob sie bei jedem Schritt zwei Erdklumpen hob. »Bah«, sagte Mama, »solche Füße gefallen mir besser als die einer Prinzessin, die noch nie den Boden berührt haben!«

Es gab nun kein Zögern mehr: Mukasine war die Frau, die Antoine brauchte, die Frau, auf die Mama schon so lange wartete. Nun galt es, schleunigst die notwendigen Schritte im Hinblick auf den Heiratsantrag zu unternehmen, denn obwohl sie mit niemandem über ihre Überlegungen gesprochen hatte, fürchtete sie doch, dass andere ihrerseits auf eine so gute Partie aufmerksam werden könnten.

Eines Abends also, nach dem Essen, bei den drei Steinen des Herdfeuers, wo wir, meine kleinen Schwestern und ich, uns versammelten und ihren Märchen lauschten, war es so weit: Mama erzählte meinem Vater von ihren Plänen für Antoine. Sie schilderte ihm Mukasines Qualitäten und schloss mit den Worten, dass man nicht mehr warten dürfte und in aller Form einen Antrag stellen sollte. Mein Vater konnte dem nur zustimmen. Nur Antoine war nicht da, um seine Meinung zu äußern. Die ganze Woche über arbeitete er in Karama, kam erst am Samstagabend nach Hause und brach am Sonntagnachmittag wieder auf. Meine Mutter, fürchte ich, hatte ihn von ihren Absichten nicht in Kenntnis gesetzt.

In der ruandischen Tradition ist ein Heiratsantrag mit vielen Schritten verbunden. Als Erstes musste mein Vater Mukasines Eltern aufsuchen und ihnen mitteilen, dass er vorhabe, für seinen Sohn um die Hand einer ihrer Töchter zu bitten. Sicherlich gab es keinen Hinderungsgrund, doch mein Vater kam erst am Abend von dieser ersten Gesandtschaft zurück, nicht weil die Verhandlungen so schwierig gewesen wären, sondern eher, weil die Einigung mit ein paar Kalebassen Bier gefeiert worden war.

Dann ging es darum, in feierlichem Rahmen den Antrag zu stellen. Das erforderte lange Vorbereitungen. Es stand außer Frage, bei den Eltern der künftigen Braut ohne die für die Zeremonie notwendigen Krüge Bier vorstellig zu werden. Die ganze Familie machte sich also an die Arbeit. Weil unsere zu jungen Bananenstauden noch nicht genügend Bananen hervorbrachten und obwohl unsere Nachbarn sich nach Kräften an den Vorbereitungen beteiligten, blieb uns nichts anderes übrig, als bei den Bagesera Bananen dazuzukaufen. Sobald ich aus der Schule kam und Wasser geholt hatte, war mein Platz am Mahlstein, und ich musste Hirse zerstoßen. Ich entkam dem *urusyo* nicht mehr, ich musste mahlen, mahlen ... Die Mädchen aus der Nachbarschaft wechselten sich ab, mir zu helfen, die Körbe reihten sich auf dem *uruhimbi*. Wir wussten, dass wir eine große Menge Bier benötigten, da die Eltern des jungen Mädchens ihre gesamte Familie einladen würden, damit sie bei dem Antrag zugegen wäre, und alle Freunde und alle Freunde der Freunde, und sogar die, mit denen sie nicht wirklich befreundet waren, ganz zu schweigen von Fremden, die vorbeikamen und denen man es nicht verwehren konnte, einen Trinkhalm in den Krug zu tauchen.

An besagtem Tag machte sich mein Vater, gefolgt von einer langen Prozession von Trägern der Bierkrüge – es waren fast alle jungen Leute aus Gitagata –, auf den Weg, um den Heiratsantrag zu stellen. Er wurde von Eduard begleitet, seinem besten Freund, denn nicht der Vater hält die Antragsrede, sondern ein für seine Eloquenz bekannter Mann. Eduard, der zusammen mit meinem Vater oft gebeten wurde, die Streitigkeiten in der Gemeinschaft beizulegen, war der richtige Mann für diese Aufgabe. Antoine, der schließlich erfahren hatte, was sich über ihm zusammenbraute, gehörte nicht zu der Delegation: Er musste mit Freunden zu Hause bleiben und, ohne sich seine Anspannung anmerken zu lassen, auf den Ausgang des Vorstoßes warten. Darüber bestand jedoch keinerlei Zweifel. Die Redner der beiden Parteien tauschten ihre Argumente aus. Es wurde betont, dass das junge Mädchen, um dessen Hand man warb, Mukasine war und nicht Mukantwari oder Mukarukinga. Als dem Heiratsantrag zugestimmt worden war, versammelten sich die Anwesenden rings um die großen Krüge Bier, die uns so viel Mühe gekostet hatten, um das Ereignis würdevoll zu feiern.

Glaubt jetzt aber nicht, dass es damit getan ist. Der Heiratsantrag muss bestätigt werden, bevor er Gültigkeit erlangt, und noch dreimal findet die gleiche Zeremonie statt. Das dauert; jedes Mal muss die notwendige Menge Bier bereitgestellt werden. Beim dritten Besuch wird das Eheversprechen durch die Übergabe des Brautpreises an die Schwiegerfamilie endgültig besiegelt. Im Fall von Antoine wurde das Verfahren, das scheinbar so gut in Gang gekommen war, leider durch ein ebenso unerwartetes wie skandalöses Ereignis jäh unterbrochen: die Entführung der schönen Mukasine.

Gegenüber dem Grundstück, auf dem sich Mukasines Familie niedergelassen hatte, wohnte Kabugu. Dieser Mann von Adel – er gehörte dem königlichen Clan an – hatte sich aus dem Elend erhoben, indem er eine seiner Töchter an einen Weißen verheiratet hatte. So konnte er andere Geflüchtete beschäftigen, die sein Feld bestellten – die Neuankömmlinge, die die erste Ernte abwarten mussten und Arbeit suchten, um sich ernähren zu können. Zweifelsohne fand auch Mukasine Arbeit bei ihrem reichen Nachbarn, und so wurde Kabugus Frau, die eine

Ehefrau für ihren Sohn suchte, auf Mukasines Schönheit und Fleiß aufmerksam. Besagter Sohn war ein alter Junggeselle: Es hieß, er würde nie eine Frau finden. Und plötzlich tauchte die Ehefrau, die man für ihn seit langer Zeit suchte, wenn man es so nennen soll, bei ihm zu Hause auf, mitten auf dem Anwesen des Bewerbers. Die Gelegenheit war zu günstig. Egal, dass auch andere ihr Heiratsprojekt vorangetrieben und den Konventionen entsprechend um Mukasines Hand angehalten hatten: Kabugu und seine Frau scherten sich nicht um Konventionen. Sie brauchten Mukasine, sie würden sie entführen.

Mukasines Entführung löste im ganzen Dorf Bestürzung und Entrüstung aus. Alle missbilligten Kabugus Verhalten und beklagten, dass unsere Erwartungen enttäuscht worden waren. Doch es war nun einmal geschehen. Man konnte nicht dahinter zurückgehen. Mukasine war des Nachts entführt worden. Ob freiwillig oder mit Gewalt, sie hatte die Nacht bei dem alten Junggesellen verbracht. Sie konnte nicht zu ihren Eltern zurückkehren und auch nicht Antoines Frau werden. Wie manche andeuteten, waren Mukasines Eltern vielleicht gar nicht unglücklich darüber, dass ihre Tochter den Sohn des reichen Kabugu heiratete. Von da war es nicht weit zur Vermutung, dass sie wohl kaum etwas gegen die Entführung gehabt hatten … Die Leute rieten meinem Vater, die Geschenke zurückzufordern, die er im Hinblick auf die Hochzeit überreicht hatte. Doch mein Vater hatte seinen Stolz, und meine Mutter versicherte, dass es Unglück bringen würde, das zurückzunehmen, was sie in Antoines Namen übergeben hatten. Uns blieb nur die Kuh, die der Brautpreis für Mukasine hätte sein sollen.

*

Wenn ich an diese traurige Angelegenheit zurückdenke, frage ich mich, ob nicht genau diese Kuh für Mukasines Entführung mitverantwortlich war: Es hatte uns sehr viel Zeit gekostet, bis wir sie erwerben konnten! In Ruanda wird eine Heirat durch das Geschenk einer Kuh besiegelt. In Nyamata besaßen die Vertriebenen aber keine Kühe mehr. 1959 hatten die Hutu ihre Gehöfte angezündet, und auch die Kühe waren in den Ställen verbrannt. Ein wenig beschämt, gleichzeitig tief betrübt fand man sich damit ab, einen Korb Bohnen, Hirse, ein paar schwer verdiente Geldscheine zu überreichen oder anzunehmen.

Doch für meine Mutter stand fest, dass die Hochzeit von Antoine nur durch die Übergabe einer Kuh gebührend gefeiert werden konnte. Ihrer Meinung nach würde ein Brautpreis, der nicht der Tradition entsprach, dem jungen Haushalt Unglück bringen. Folglich blieb uns nur eine Möglichkeit – wir mussten den Kaufpreis für eine Kuh aufbringen. Das nahm eine lange Zeit in Anspruch und verlangte uns zahlreiche Einschränkungen ab. Der spärliche Lohn, den Antoine in Karama erhielt, reichte ganz und gar nicht, und wir mussten verkaufen, was sich verkaufen ließ: Bananen, Bohnen, Hirse. Wir aßen nur noch die schlechten Bohnen, die Mama aussortierte. Ich ging auf den Markt von Nyamata und verkaufte Erdnüsse oder Wildtomaten, die ich am Ufer des Cyohoha-Sees gepflückt hatte. Wir zwackten sogar etwas vom Schulgeld für Alexia und André ab. Essen, Kleidung, Schule, alles wurde für die Kuh geopfert.

Mein Vater verbrachte ganze Tage in Gahanga, auf der

anderen Seite des Nyabarongo, am Stadteingang von Kigali, auf dem Viehmarkt. Er sah sich die Tiere genau an, erkundigte sich nach dem Preis, diskutierte. Er musste eine Kuh finden, die Mukasine an Schönheit ebenbürtig war, eine Kuh, die man auch *isine* hätte nennen können, die Kuh mit dem goldbraunen Fell.

Eines Nachts wurden wir durch großen Lärm geweckt: Mein Vater und Antoine brachten die berühmte Kuh. Da es bei uns keinen kleinen Jungen gab, wurde ich damit betraut, sie bis zu dem heiß ersehnten Tag zu hüten, an dem sie in aller gebotenen Feierlichkeit an die künftigen Schwiegereltern übergeben würde. Wir wissen, was daraus wurde.

Mama ließ sich nie entmutigen. Sie musste einen Sohn verheiraten und verfügte über eine Kuh als Brautpreis. Sie machte sich wieder auf die Suche nach einer Braut für Antoine. Tage und Nächte widmete sie diesem Vorhaben. Sie hörte schließlich von einem jungen Mädchen, Jeanne, die, wie man ihr sagte, ihren Vorstellungen entsprach. Jeanne war jünger als Mukasine, genauso schön und von einer Herkunft, die meiner Mutter zusagte. Sie wohnte weit weg, in Cyugaro, zwanzig Kilometer von uns entfernt. Das hielt meine Mutter nicht davon ab, vor Ort zu überprüfen, ob die Empfehlung, die sie erhalten hatte, zutreffend war. Im Großen und Ganzen zufriedengestellt kam sie heim, doch um ihren Eindruck zu vertiefen, schickte sie uns los, Alexia und mich. Wir sollten, ich weiß nicht mehr, unter welchem Vorwand, die Familie der anvisierten Braut um Gastfreundschaft bitten. Diese hieß uns willkommen, sie war stolz darauf, dass sie eine Intellektuelle wie Alexia, die zur Sekundarschule ging, unter ihrem Dach beherbergte.

Als wir wieder nach Hause kamen, fiel unser Bericht günstig aus; Jeanne und Alexia waren fast gleichaltrig und gute Freundinnen geworden. Die Kuh wurde Jeannes Familie als Brautpreis übergeben, und Jeanne wurde Antoines Frau. Sie bekamen neun Kinder, davon sieben Söhne, sehr zur Freude meiner Mutter. Sie dachte, dass so wenigstens der eine oder andere von ihnen überleben und die Familie fortbestehen würde. Sie irrte sich.

9

Das Land der Märchen

ES WAR AN DER ZEIT, die kleine, unruhig flackernde Flamme des *agatadowa* auszublasen. Wir waren fertig mit dem Essen. Sie dauerte nicht lange, die Abendmahlzeit. Einmal, weil es nicht viel zu essen gab, dann aber auch, weil es für einen Ruander immer ein wenig beschämend ist, etwas zu essen. Es ist peinlich, in Gegenwart anderer den Mund zu öffnen. Papa hat seinen Teller schon lange leer gegessen. Er isst nicht mit uns im gemeinsam genutzten Raum. Ein Vater isst nicht vor seinen Kindern. Für ihn ist im Flur vor der Tür, die auf den Hof führt, ein Essplatz eingerichtet. Er isst hinter der Matte, die als Vorhang dient, auf dem Männern vorbehaltenen Hocker. Und Jeanne, die Jüngste, hat seinen Teller abgeräumt. Papa hat ihr ein wenig von seinen Bohnen mit Süßkartoffeln übrig gelassen: Ein Vater ist verpflichtet, stets etwas für das jüngste seiner Kinder aufzuheben. Nun gibt es im Tripolo-Haus nichts mehr zu tun. Wir fühlen uns unbehaglich. Immer lauert die Angst. Mama bläst die Flamme in der Petroleumlampe aus. Wir haben sie aus einer Konservendose gefertigt, die Antoine Haguma, dem Hausangestellten der Weißen in Karama, abgekauft hat. Schnell, gehen wir ins *inzu*!

Mama legt etwas Holz auf das Feuer, das in der Mitte des Tiegels brennt. Die wieder entfachte Flamme erfüllt das *inzu*-Gewölbe mit einem warmen, bernsteinfarbenen Licht. Mama setzt sich auf ihre Matte vor dem Paravent, der das große Bett verbirgt. Sie streckt ihre Beine aus. Sie knotet das Stück Stoff auf, das sie aus einer alten *pagne* gewonnen hat und ihr als Foulard dient. Sie faltet es sorgfältig und legt es auf den Rand eines mit Bohnen gefüllten Korbs. Wir drei sitzen ihr gegenüber. Die Wärme des Feuers, das so nah vor uns flackert, dringt allmählich in uns ein, eine selige Benommenheit überkommt uns, das Feuer ist nur noch ein rötlicher, besänftigter Schimmer. Das ist die Stunde der Märchen …

Mama beginnt immer mit einem traurigen Lied, dem Lied der Hirtinnen, das sie als kleines Kind gesungen hatte, wie sie sagte, wenn sie am Ufer des Rukarara die Herde hütete. Oft handelte es von einem armen Hirten, der seine Herde verloren hat. Seine Kühe sind ihm entlaufen, sie haben den Fluss überquert, sie fressen ein fremdartiges Gras. Der kleine Hirte macht sich in einer Piroge auf die Suche nach ihnen, aber, warum, weiß ich nicht mehr, in dem Lied heißt es, dass der Fluss ihn und seine Herde verschlingen wird:

Yewe musare wari
ku muvumba
wambutsa ubwato
n'ingashya
Rwankubito araje …

⋆

Ich habe den Märchen meiner Mutter nicht gelauscht (diesen Geschichten, die nur nachts erzählt werden, denn, würde man sie tagsüber erzählen, liefen die Zuhörenden Gefahr, in eine faule Eidechse verwandelt zu werden, die sich ihr Leben lang nur in der Sonne wärmt), ich habe bei Stefanias Märchen nicht zugehört, aber im Halbschlaf, in den mich ihr unablässiges Gemurmel und die betäubende Wärme des Feuers versetzten, strömten ihre Laute in meinen trägen Körper, durchdrangen das langsame Abgleiten in meine Träumereien … Und manchmal öffnen mir meine schläfrigen Gedanken noch einmal die Tür ins Märchenland.

Nein, ich bin keine Fremde im Märchenland. Ich weiß, was die geschwätzigen Kürbisse der Eleusine zu erzählen haben. Ich weiß, warum die Kröte quakt und sich vor Eitelkeit aufbläst: Mithilfe all ihrer Brüder hat sie die Bachstelze im Laufen besiegt. Ich weiß, wer in der Savanne diesen erbarmungswürdigen Schrei ausstößt: der *impereryi*, der kleine Dachs, den Imana vergessen hat, mit einem Schwanz auszustatten. Er drückt und drückt die ganze Nacht, will das schöne Anhängsel, das ihm verwehrt worden ist, herauspressen. Es ist nicht gut, wenn du seiner jämmerlichen Klage zu lange zuhörst, und auch nicht, wenn du den Hals verdrehst, um einen Blick auf deinen eigenen Hintern zu erhaschen. Ich weiß, warum jener Mann jede Nacht sein Gehöft verlässt. Er geht in den Wald, und an einem Abend trägt er einen kleinen Korb. In dem Körbchen liegt eine Frauenbrust, die Brust, die er seiner Frau ausgerissen und seiner Geliebten versprochen hat, der Tochter des Waldes, die nur eine einzige Brust besitzt. Und lange vor der Morgendämmerung hat der Weise seine Lanze genommen (was wäre wohl ein Mann ohne seine Lanze?); den ganzen Tag wird er den Weg entlangwandern, der den Bergkämmen folgt, und abends im Gehöft, wo die Schar der Weisen versammelt ist, das weißhaarige Kind befragen. Und der kleine Hirte kann mir gern seine Frage stellen: »Gibt es so etwas wie gegenseitige Liebe?« Ich kenne die Antwort: »Dein Herr, kleiner Hirte, liebt nur seine unfruchtbare Frau, die nur Augen für ihren Cousin hat, der an den Hof des Königs von Cyamakombe gegangen ist, den er über alles bewundert, aber der König von Cyamakombe ist nur seiner Tochter zugetan, die sich leidenschaftlich in einen Widder mit unbeflecktem Fell verliebt hat ...« Und ihr, wisst ihr, warum der habsüchtige Sebugugu weint? Er ist dem Rat der Amsel gefolgt und hat seine einzige Kuh getötet: »Opfere deine Kuh«, hat ihm die Amsel zugeflötet, »und du wirst hundert Kühe haben.« Hütet euch auch vor betörenden Mädchen, es sind mitunter verkleidete Löwinnen: Der Anblick von rohem Fleisch offenbart ihre Raubtiernatur. Ich werde euch nicht verraten, was man im Magen der Hyäne findet, dem König aber werde ich sagen, wo die ist, die er heiraten soll: Sie ist im Butterfass, die arme Waise, wo die Hexenkünste der Rabenmutter sie in Gefangenschaft halten ...

Ich will mich nicht ans Ende des Märchenlandes vorwagen, weil ich weiß, wer dort auf mich wartet. Am Rand der weiten Sümpfe, da ist eine kleine Alte. Sie beugt sich nieder und verbirgt ihr Gesicht hinter ihrer zerfetzten *pagne*, doch ich weiß, dass sie mich mit ihren trüben Augen ansieht.

In ihrem unfruchtbaren Schoß hat sie sich bereit erklärt, dem Tod Unterschlupf zu gewähren.

★

Aber es gab andere Geschichten, Geschichten, die nicht unsere waren, die wir nicht am Feuer erzählten. Geschichten, die wie schlechte, von Giftmischern zusammengebraute Arznei waren, Geschichten, die Hass brachten, die den Tod brachten. Die Geschichten, die die Weißen erzählten.

Die Weißen hatten die raffgierigen Monster aus ihren bösen Träumen auf die Tutsi losgelassen. Sie hielten uns die Zerrspiegel ihrer Täuschungsmanöver vor, und im Namen ihrer Wissenschaft und ihrer Religion mussten wir uns nur noch in dem unheilvollen Doppelgänger wiedererkennen, der ihren Fantasiegebilden entsprungen war.

Die Weißen gaben vor, besser als wir selbst zu wissen, wer wir waren, woher wir kamen. Sie hatten uns betastet, gewogen, gemessen. Ihre Schlussfolgerungen waren unwiderruflich: Unsere Schädel waren kaukasisch, unsere Profile semitisch, unsere Statur nilotisch. Sie kannten sogar unseren Ahnen, es stand in der Bibel, er hieß Ham. Wir waren Fast-Weiße, trotz einiger hässlicher Mischungen, ein wenig jüdisch, ein wenig arisch. Die Gelehrten, und dafür mussten wir ihnen dankbar sein, hatten sogar eine Rasse für uns maßgeschneidert: Wir waren Hamiten!

Außerdem hatten die gleichen Gelehrten überall auf der Welt Spuren der Tutsi gefunden: Mit ihren riesigen Herden waren diese fanatischen Viehzüchter von den Hochebenen Tibets hinabgestiegen, hatten kurz in den Ebenen des Ganges oder des Indus verweilt, waren auf ihrem weiteren Weg auf die Kinder Israels beim Auszug aus Ägypten gestoßen und hatten sich im Hin und Her der Lager irgendwie mit ihnen vermischt. Sie fanden Eingang in den Umkreis der Pharaonen, wanderten weiter nach Äthiopien, dem Land des Priesters Johannes, wo sie knapp ihren Übergang zum Christentum verpassten. Endlich (und da kann nur der Finger der Vorsehung im Spiel gewesen sein) waren sie in Ruanda angekommen, auf den Mondbergen, wurden zu Hütern der Nilquellen befördert, in der Erwartung, dass das Taufwasser die Stirn eines hamitischen Konstantin benetzte.

⋆

Businiya! Ich weiß nicht, wie dieses üble Gerücht bis zu meiner Mutter vorgedrungen war. Natürlich wusste sie wie alle Ruander, dass im Anfang Kigwa mit all den Haustieren und Kulturpflanzen vom Himmel gefallen war, dass Gihanga das Zusammenleben der Menschen geordnet und die Aufgaben unter seinen drei Söhnen, jeweils nach ihrer Veranlagung, aufgeteilt hatte: Gatutsi sollte die Kühe melken, Gahutu die Erde und Gatwa den Wald »melken«. Stefania kannte aber auch Businiya. Sie kam darauf zu sprechen, als wir beide zusammen die Hirse jäteten. »Weißt du«, sagte sie mir, »man sagt, dass die Tutsi aus Businiya gekommen sind.« Sie erzählte mir von einem seltsamen Exodus: Die Tutsi waren lange Zeit mit einem kleinen Bündel auf dem Kopf von Hügel zu Hügel gewandert. Auf dem langen Marsch mussten sie in Kenia, wie sie sagte, gegen die dort lebenden grausamen Riesen kämpfen. Merkwürdigerweise fand diese Wanderung, wiederum nach meiner Mutter, zur gleichen Zeit statt wie die Ankunft der Weißen.

Businiya! Abessinien! Woher hatte meine Mutter, für

die die Grenzen des Universums für gewöhnlich mit denen Ruandas zusammenfielen, diese Geschichte? Als Waisenkind war sie von den Nonnen in Kansi aufgenommen worden, die sie in der Küche, im Haushalt und mit Nähen beschäftigten. Hatte sie dort das seltsame Wort »Abessinien« gehört und daraus »Businiya« gemacht? War es ein Echo aus den Unterhaltungen der »Entwickelten« im Umkreis des Unterchefs Ruvebana, dessen Sekretär und Vertrauter mein Vater war? Als gute Geschichtenerzählerin schmückte sie ihre Erzählungen aus, mischte Bruchstücke der biblischen Geschichte hinein, die mehr oder weniger aus den Sonntagspredigten oder von den Bibellesungen stammten, die der Familienvater uns allabendlich vortrug. Businiya, Abessinien, Äthiopien, wie hätte meine Mutter ahnen können, dass diese Wörter über unseren Tod entscheiden würden?

In einem Jahr, ich weiß nicht mehr, in welchem, als ich in den großen Ferien nach Hause kam, erklärte ich meiner Mutter stolz: »Mama! Ich habe den König von Businiya gesehen!« Stefania sah mich lange an, ohne etwas zu antworten, entgeistert, ungläubig, dann schlug sie die Hände über dem Kopf zusammen und klagte: »Mukasonga, meine Tochter, sie weiß nicht mehr, was sie sagt. Du hast sie gehört, Heilige Jungfrau, und du, Ryangombe, Gott unserer Väter, sie sagt, sie hat den König von Businiya gesehen! Kann man den König von Businiya sehen? Den König von Businiya! Sie sagt, sie hat den König von Businiya gesehen!« Ich beharrte darauf: »Aber ja, ich habe ihn gesehen, er ist nach Kigali gekommen.«

Ich hatte nicht gelogen. Haile Selassie, der König der Könige, Kaiser von Äthiopien, war wirklich zu einem

Staatsbesuch nach Ruanda gekommen. In Kigali wurden keine Mühen gescheut, das älteste und angesehenste Staatsoberhaupt Afrikas prunkvoll zu empfangen. Auf der Straße zum Flughafen hatte man begrünte Triumphbögen errichtet, Transparente hießen den illustren Gast in mehreren Sprachen willkommen. Die Straßen waren mit Bananenstauden verziert und die Stämme der Eukalyptusbäume bis zur vorgeschriebenen Höhe weiß gestrichen worden. Das Gymnasium Notre-Dame-de-Cîteaux beteiligte sich an dem geschäftigen Treiben. Wir hatten neue Schuluniformen bekommen, deren Schnitt, den wir gewagt fanden, uns entzückte. Man hatte Fähnchen in den Farben beider Länder verteilt, und wir übten uns darin, sie im Takt zu schwenken.

Die Ankündigung, dass der König von Businiya Ruanda besuchen würde, hatte mich in große Aufregung versetzt. Ich würde den König dieses sagenhaften Landes sehen, aus dem laut meiner Mutter die Tutsi gekommen waren. Ich wagte nicht, ihn mir vorzustellen, ging selbstverständlich aber davon aus, dass er sehr groß sein musste, gewissermaßen ein Riese, er würde ein noch glänzenderes Gewand tragen als der Bischof am Tag der Einsegnung, und auf seinen Kopf setzte ich eine Krone, genauso hoch wie die päpstliche Tiara.

Wir haben lange auf den Kaiser von Äthiopien gewartet! Die Schülerinnen des Gymnasiums Notre-Dame-de-Cîteaux hatten gut sichtbar am großen Kreisverkehr vor der Kirche der Heiligen Familie Aufstellung genommen. Ich übersah die verächtlichen Blicke, die mir meine Hutu-Kameradinnen zuwarfen, und hatte mich in die erste Reihe vorgedrängt. Es war heiß. Unsere Arme waren ganz gefühllos geworden vom Schwenken unserer Fähnchen. Bei jedem vorbeifahrenden Auto schraken wir zusammen. Nein, er war es wieder nicht!

Endlich bog die offizielle Kolonne von der Flughafenstraße her ein. Zuerst sahen wir Militärlastwagen vorbeifahren, dann die schwarzen Mercedeslimousinen der Minister, und schließlich erblickte ich, aufrecht in einem offenen Wagen, wohl einer Art Jeep, stehend den, auf den ich mit so viel Ungeduld gewartet hatte. Ich starrte ihn an, als hätte mein Blick die Macht, das Fahrzeug, das sich schon entfernte, für einige Augenblicke anzuhalten, nur für mich. Allerdings muss ich sagen, dass das, was ich vom König der Könige sehen konnte, mich zutiefst enttäuschte. Der König von Businiya war ein kleiner Alter, der eine kakifarbene Uniform trug, die sich, wären da nicht ein paar zusätzliche Orden gewesen, kaum von den Uniformen der Soldaten um ihn herum unterschied. Er trug eine riesige Schirmmütze, die mir zu groß für ihn zu sein schien und mich lachen ließ; doch was mich am meisten bekümmerte, war seine geringe Körpergröße. Wie konnte ein so großer König so klein sein? Der König von Businiya hatte mit einem Schlag einen Großteil seines Ansehens verloren.

Mama gab irgendwann zu: Ja, es war möglich, dass ich den König von Businiya gesehen hatte. Wahrscheinlich hatte sie sich bei den »Intellektuellen« im Dorf erkundigt. Eines Tages, wir arbeiteten wieder einmal im Hirsefeld, fragte sie mich: »Also, es ist wahr, du hast mich nicht angelogen, du hast den König von Businiya gesehen?«

»Ja, ich habe ihn ganz aus der Nähe gesehen.«

»Sag mir, wie er aussieht.«

Ich wagte nicht, ihr den kleinen Mann zu beschreiben,

den ich gesehen hatte. Nach kurzem Zögern antwortete ich ihr: »Der König von Businiya, er sieht so ähnlich aus wie Papa.«

10

Frauensachen

Wenn Stefania, die Hacke auf der Schulter und die *pagne* bis zu den Knien hochgeschlagen, von Gikombe, einer sumpfigen, urbar gemachten Niederung, wo sie ein Feld gerodet hatte, damit sie auch in der Trockenzeit Bohnen anbauen konnte, nach Hause ging, wusste ich, die ich hinter ihr hertrottete, dass der Rückweg sich hinziehen würde, nicht wegen der Entfernung, sondern weil Umgangsformen, Höflichkeit, Achtung, Freundschaft, Solidarität – und all das zusammen – einen mehr oder weniger langen Halt an jedem der Häuser erforderten, die hinter der Reihe Kaffeesträucher die Piste säumten. In jedem Fall, selbst wenn niemand zu sehen war, war es unhöflich, an einem Haus grußlos vorbeizulaufen. Man rief vielmehr: »*Yemwe abaha? Mwiriwe!* Hallo, ihr da, guten Tag!« Meist aber reichte Stefania ein einfacher Gruß im Vorbeigehen nicht. Vielmehr blieb sie an dem kleinen Pfad stehen, der durch die Kaffeepflanzung zur Euphorbienhecke führte, und rief noch einmal vernehmlich: »*Mwiriwe! Yemwe abaha!*«

An dem Tag machte Stefania vielleicht vor Veronikas Haus Halt. Veronika hatte mit der Antwort keine Eile. In Ruanda gehört es zu den guten Sitten, nichts in Hast zu tun. Auch wenn Veronika ungeduldig auf Stefanias Besuch wartete, galt es als unschicklich, ihr entgegenzulaufen. An einem kleinen Geräusch im Haus ließ sie erkennen, dass sie den Ruf der Besucherin gehört hatte, und erst mit der gebotenen Verzögerung ging sie langsamen Schritts zur Wegkreuzung, wo Mama auf sie wartete. Wie es üblich war, umarmten sie sich lange, legten die Hände auf die Schultern und Arme der anderen und flüsterten sich gegenseitig Willkommensworte ins Ohr. Jede wünschte der anderen, ihr Leben lang einen Ehemann, viele Kinder und viele Kühe zu haben. Sie fragten nach der Familie. Sie gratulierten mir zu meinem guten Aussehen. Dann gingen wir, immer noch ganz gemächlich, in den hinteren Hof und setzten uns unter einer Bananenstaude auf die Matte mit ausgefransten Rändern.

Die Unterhaltung nahm lange Umwege über die Gesundheit der Kinder, die Ernte, den verspäteten Regen, bevor sie allmählich zu dem Thema kamen, das Veronika sehr am Herzen lag: ihre beiden Töchter Formina und Illuminata. Formina, die Älteste, war schon fast eine alte Jungfer. Es ließ sich kein Ehemann für sie finden. Sie trug immer noch ihre *amasunzu*. Das war die eine von Veronikas Sorgen. Die andere, die sie wohl am meisten quälte, die sie als ihre größte Schande empfand, war Illuminata. Die jüngere Tochter, die ihre Schwester zu Hause verkümmern sah, hatte nicht abgewartet, dass ihre Mutter und die Matronen einen Ehemann für sie auswählten. Sie war auf eigene Faust nach Karama gefahren, um nach einem Mann Ausschau zu halten, und sie hatte ihn gefunden. Veronika gab sich die Schuld an der schlechten Erziehung ihrer Tochter, auch wenn sie gleichzeitig die Deportation, das

Exil und die Verfolgungen dafür verantwortlich machte, dass die Anstandsregeln, die die Frauen von Nyamata verzweifelt aufrechtzuerhalten suchten, durcheinandergeraten waren. Mama hörte sich die lange Litanei ihrer Klagen an. Sie hütete sich, sie zu unterbrechen; man unterbricht nie jemanden, der redet. Während sie mit einem Grasbüschel die schon trockene, rissige Erdkruste von ihren Füßen und Beinen kratzte, bekundete sie ein paarmal durch ein Räuspern ihre Aufmerksamkeit: »Hm! Hm!«, was ein Zeichen der Zustimmung und eine Ermutigung zum Weitersprechen darstellt.

Als Veronika mit ihrem Lamento zum Ende gekommen war, ergriff Mama das Wort, sang ein Loblied auf Formina und versicherte, dass man bald einen Ehemann für sie finden und alles bestens geregelt werden würde, in Übereinstimmung mit den Gebräuchen und der Familie zur Ehre. Und wenn an dem Abend zu Hause nichts zu essen da war, erwähnte Stefania beiläufig, dass sie nicht wüsste, was sie für die Kinder kochen solle. Mehr brauchte sie nicht zu sagen. Es wäre taktlos gewesen, mehr zu sagen, denn Mama konnte sich sicher sein, dass Veronika ihr am Ende des Pfads, kurz bevor sie ihren Fuß auf die Piste setzte, ein Körbchen mit Bohnen oder Süßkartoffeln zustecken und sagen würde: »Das ist für die Kinder.« Oft hatte sie selbst gegenüber den Nachbarinnen genauso gehandelt.

Und Stefania ging weiter und grüßte Theodosia, Anastasia, Speciosa, Margarita, Leoncia, und sie besuchte Petronilla, Concessa ...

Unser letzter Besuch galt immer Gaudenciana, der Nachbarin von gegenüber. Wir fanden sie im *ikigo*, im hinteren Hof, mit ihren sieben Söhnen, die träge neben ihr saßen. Mama tat so, als sähe sie sie nicht, denn Männer, selbst Jungen über zehn, haben im *ikigo* nichts zu suchen, sie dürfen bestenfalls durchgehen. Gaudenciana war sich darüber im Klaren, dass Stefania ihren Umgang mit den Kindern nicht billigte, also erging sie sich in Rechtfertigungen: »Da die halbwüchsigen Rowdys von der Partei am See ihr Lager aufgeschlagen haben, können wir kein Wasser holen gehen. Sie verprügeln die Jungen, sie vergewaltigen die Mädchen. Imana, der Gott der Ruander, hat mir sieben Jungen geschenkt. Er hat mir aufgegeben, dass ich für sie sorge. Wenn ich sterbe, wird Imana mich fragen: ›Was hast du mit den sieben Jungen gemacht, die ich dir anvertraut habe?‹ Meine Antwort muss heißen: ›Sie sind noch da. Sie sind nicht getötet worden. Ich habe sie immer im Auge behalten.‹ Daher holt mein Mann Wasser. Ich weiß, er wird ausgelacht, es gehört sich nicht für einen Mann, Wasser zu holen, aber wenn einer meiner Jungen getötet würde, was sollte ich dann Imana sagen?« Und Gaudenciana überlegte, sich näher am See niederzulassen, nicht neben der Piste, wo die Jugend der Parmehutu-Partei ihr Lager hatte, sondern dort, wo niemand sie suchen würde, mitten im Papyrus, wo Mückenschwärme über dich herfallen, sobald die Sonne untergeht, mitten unter den Krokodilen ... Und Mama versicherte ihr noch einmal, dass ihre Söhne sehr wohl zum See gehen könnten, dass wir uns organisiert hätten, dass wir in Gruppen gingen, einen richtigen Konvoi bildeten, dass wir die Stunden nutzten, in denen die Parteijugend anderweitig beschäftigt war, dass eigentlich die Mädchen am meisten zu befürchten hätten ... Gaudenciana antwortete nicht, sie sah ihre Söhne an. »Nun«, sagte

Mama, »morgen rasiere ich Butisi und Gastoni die Haare. Schick sie zu mir, sie können sicher über die Straße gehen.«

Die Nachbarinnen – wer könnte auf sie verzichten? Es gibt immer etwas, das du dir von einer Nachbarin ausleihen musst. Es gibt immer eine Nachbarin, die sich von dir etwas ausleihen muss. Und wenn niemand kommt, um sich etwas auszuleihen, bist du kreuzunglücklich. Misstrauen sie dir? Halten sie dich für eine Giftmischerin? Es gibt immer einen Vorwand, um die Nachbarin aufzusuchen: Salz, Wasser, etwas Holz, ein Krug ... Es kann sogar sein, dass du um eine deiner Töchter gebeten wirst, weil der Ehemann der Nachbarin heute Abend nicht da ist – er ist nach Kigali gefahren –, und sie ist allein mit kleinen Kindern, und es würde sie beruhigen, wenn jemand – Mukasonga – an ihrer Seite wäre und ihr Gesellschaft leistete. Und das dauert, denn die Höflichkeit gebietet, die Besucherin nach Hause zu begleiten. Es gehört sich nicht, sie allein heimkehren zu lassen. Bei der Nachbarin angekommen, muss sie nun dich nach Hause begleiten, weil du sie begleitet hast. Das Hin und Her kann viel Zeit in Anspruch nehmen. So viel Zeit, wie ihr euch noch etwas zu erzählen habt. Und über die wichtigsten Dinge habt ihr bisher geschwiegen, damit ihr sie beim pflichtgemäßen Hin- und Hergehen besprechen könnt. Das sind die Geheimnisse. Man sagt sie nur halblaut, flüstert sie ins Ohr.

»Früher«, sagte Stefania, »konntest du in Ruanda durch den Bananenhain von einem Gehöft zum anderen gehen. Du konntest Umwege machen, zwischendurch Unkraut ausreißen, oder du hast einen Stützpfahl entdeckt, der sich unter dem Gewicht eines Bananenbüschels bog, denn die Hände einer Frau dürfen nie untätig sein. Aber für das, was wir uns zu sagen hatten, mussten wir uns die Zeit nehmen, es anzusprechen. Also setzten wir uns auf halber Strecke hin. Diejenige, die das Baby trug, nutzte die Gelegenheit, um es zu stillen oder den pummeligen kleinen Körper zu massieren. Wir hatten genug Muße, die Grübchen zu bewundern, vor allem die am unteren Rücken. Sie werden ›Augen der Lenden‹ genannt.«

Sie waren wichtig, die »Augen der Lenden«. Besonders für Mädchen. Sie galten als ein Zeichen von Schönheit, die durch den bunten Perlengürtel, den die Mädchen um die Hüften trugen, betont wurde. Wenn das Baby noch warm von der Körperwärme seiner Mutter war, formten ihre Zeigefinger sanft die »Augen der Lenden«, in der Hoffnung, dass der Abdruck der mütterlichen Finger auf der weichen Haut erhalten bleiben würde.

Schließlich näherte man sich dem Eingang zum Gehöft der Nachbarin. Man blieb unter dem hohen Bambus stehen, der das Tor umrahmte. Wenn die Schatten anzeigten, dass es Zeit war, nach Hause zu gehen und den Kindern zu essen zu geben, umarmtet ihr euch ein letztes Mal und tauschtet noch einmal die üblichen guten Wünsche aus.

In Gitagata aber trauten wir uns kaum noch, die Nachbarin zu ihrer Tür zu begleiten. Auf der Hauptstraße war die Angst vor unheilvollen Begegnungen mit der Parteijugend, mit Soldaten stets gegenwärtig. Wir beschleunigten unsere Schritte, es kam nicht mehr infrage, nach Belieben miteinander zu reden oder hin und her zu schlendern. Meist begnügten wir uns damit, die Besucherin bis zum Ende des Pfads zu begleiten, der vom Haus zur Piste führt. Man hätte zwar zwischen den Kaffeesträuchern hergehen können, aber wir wagten es nicht, den Kräuterteppich am

Fuße der Sträucher niederzutrampeln, die anzubauen uns die Weißen gezwungen und die sie mit unzähligen Verboten belegt hatten. Wir wollten keinen Ärger mit den Agronomen von Karama bekommen, die ein wachsames Auge auf die Pflanzungen hatten. So blieben Stefania und ihre Besucherin dort stehen, wo der Pfad auf die Piste traf, dann kehrte jede heim. Wenn sie sich viel zu erzählen hatten, gingen sie wieder und wieder diesen kurzen Weg auf und ab: »Wir sind Gefangene«, meinte Mama bekümmert.

*

Am Sonntagnachmittag oder gelegentlich auch wochentags, wenn sie nach einem langen Arbeitstag vom Feld hinter dem Haus zurückkehrten, fanden bei der einen oder anderen, oft bei Stefania oder Marie-Thérèse, die Frauentreffen statt. Es gab geröstete Maiskolben, denn während es den Männern widerstrebte, in der Öffentlichkeit zu essen, waren Frauen, wenn sie unter sich waren, nicht an dieses Verbot gebunden. Sie konnten sich auch einen Krug Hirsebier teilen oder, wenn der Krug leer war, den Aufguss. Er wurde bereitet, indem man den Krug, in dem der Bodensatz eine dicke Kruste gebildet hatte, mit Wasser auffüllte und es ziehen ließ. Der erste Aufguss ergab ein leichtes Bier, der zweite schmeckte nach nichts, der dritte hinterließ eine abscheuliche Bitterkeit im Mund, und die Damen schluckten ihn nur herunter, um ihre Gastgeberin nicht zu beschämen, die ihnen nur so einen erbärmlichen Trank anzubieten hatte. »Trotzdem«, seufzte meine Mutter, »müssen wir das Wasser irgendwie taufen!«

Das eigentliche Wahrzeichen der Geselligkeit war jedoch die Pfeife. Zu Stefanias Zeiten rauchten alle Frauen in Ruanda eine Pfeife. Es war das Vorrecht verheirateter Frauen. Im Laufe der Hochzeitsfeier, wenn die frischgebackene Ehefrau ihre *amasunzu* abschnitt, reichte man ihr ihre erste Pfeife, und zur größten Freude der Anwesenden nahm sie den ersten Zug. Sicher, die Frauen rauchten nicht in aller Öffentlichkeit Pfeife wie die Männer: Die Männer rauchten, wo immer sie wollten, vor der Haustür, wenn sie gemächlich die Straße entlangschritten, auf dem Markt, sonntags nach dem Ende der Messe. Die Frauen rauchten zu Hause, im *ikigo* oder mitunter, wenn sie auf dem Feld arbeiteten und während der heißesten Stunden im Schatten eines Busches eine Pause einlegten. Sie beschwerten sich darüber, dass die Männer sich mit dem besten Tabak versorgten, obwohl sie, die Frauen, sich um den schwierigen Anbau der Pflanzen und das Trocknen der Blätter gekümmert hatten. Die Männer ließen ihnen nur Krümel übrig. Sonntags verhandelte Mama mit Papa unnachgiebig um ein paar gute Blätter. Sie bekam sie am Ende immer.

Die Frauen stopften ihre Pfeife, indem sie einen Streifen vom Tabakblatt zu einer Kugel rollten und sie mit der Nadel, die beim Korbflechten verwendet wird, durchstachen, so war für die zum Anzünden nötige Belüftung gesorgt. Jede nahm einen Zug, die Pfeifen wurden ausgetauscht, die Tabakarten verglichen, die Pfeifen von einer zur anderen weitergereicht. Gibt es einen besseren Beweis für Freundschaft und Vertrauen als den Austausch von Pfeifen?

Ich habe meinen Mann oder meine Kinder oft gebeten, mir eine Pfeife zu schenken. Sie brechen in Gelächter aus. Sie halten es für einen Scherz. Trotzdem stehe ich lange vor dem Schaufenster, in dem Pfeifen ausgestellt sind. Ich traue mich nicht, dieses Geschäft zu betreten, das nur von Männern aufgesucht wird. Ich tröste mich schnell. Wie würde der Tabak wohl schmecken, wenn da keine Frau wäre, mit der ich meine Pfeife austauschen könnte?

Die *ikigo*-Treffen stellten ein wahres Frauenparlament dar. Die Männer waren für Rechtsprechung und äußere Angelegenheiten zuständig; die Weisen, zu denen auch mein Vater gehörte, entschieden Streitfälle, schlichteten Zwistigkeiten; sie waren es, die, wann immer möglich, die mühevollen Verhandlungen mit dem Ortsvorsteher, dem Bürgermeister, den Agronomen, den Missionaren … führten. Mit den Soldaten und der Parteijugend gab es nichts zu bereden. Erziehung, Gesundheit, Wirtschaft, Ehebündnisse … waren Domäne der Frauen. Jede Frau hatte das Recht, so lange zu sprechen, wie sie wollte, niemand durfte sie unterbrechen. Mehrheit und Minderheit spielten keine Rolle. Entscheidungen wurden getroffen, wenn alle ihr Einverständnis erklärten.

Stefania, Marie-Thérèse, Gaudenciana, Theodosia, Anastasia, Speciosa, Leoncia, Petronilla, Priscilla und viele andere, sie alle waren die mildtätigen Mütter, die gütigen Mütter, die Nahrung, Schutz, Rat und Trost gaben, die Hüterinnen des Lebens. Die Mörder brachten sie um, als wollten sie die Lebensquellen selbst auslöschen.

⋆

Die Mütter von Gitagata kümmerten sich vornehmlich um die Erziehung der Kinder. Sobald es ihnen möglich war, als Erstes in Nyamata und dann in den Dörfern, auf die man sie verteilt hatte, hatten sie eine Schule gegründet. Die Lehrer wurden von den Missionaren unterstützt, und sie blieben auf deren Beistand angewiesen. In Gitagata gingen fast alle Kinder zur Schule, mit Ausnahme der Kinder, die nicht getauft waren. Wer die Schule besuchen wollte, musste einen christlichen Namen tragen. Das hatten die Pater zur Bedingung gemacht. Und tatsächlich wurden die *abapagani* – die Heiden – inzwischen als rückständige Menschen angesehen, die sich dem Fortschritt, der unumkehrbar war, verweigerten. Die Missionen mit ihren großen Kirchen, ihren roten Backsteingebäuden, mit dem Licht, das bis spät in der Nacht leuchtete, ohne dass man ein Feuer brauchte, erschienen uns so, als wäre in unserer Nähe ein Stück vom Land des weißen Mannes vom Himmel gefallen. Nur die Taufe gewährte den Zugang dazu. In Gitagata lebten nicht viele *abapagani*, aber doch einige. Da war zum Beispiel die Familie Ngoboka, die zwei Häuser von uns entfernt wohnte. Ngoboka war kein verstockter Heide. Er war kein unversöhnlicher Hüter der Tradition, kein erbitterter Gegner der christlichen Aufklärung, kein unverbesserlicher Anhänger Ryangombes. Er stammte nur aus einer weit abgelegenen Region der Provinz Butare, er hatte seinen Fuß nicht auf den Pfad gesetzt, auf dem die Missionare wandelten, die göttliche Gnade hatte ihn übersehen. Außerdem schien er sich über die ehrwürdigsten Traditionen lustig zu machen. Sein erwachsener Sohn fuhr mit einer kleinen Piroge auf dem Cyohoha-See angeln. Zur Empörung aller Bewohner Gitagatas aß die Familie Ngoboka Fisch, was, wie jeder weiß, Kühe töten kann. Auch wenn wir keine Kühe mehr hatten, empfanden wir es als skandalös, wenn ein Viehzüchter gegen ein solches Verbot verstieß: Es konnte nur Unglück bringen, so oder so.

Ngoboka hatte auch drei Töchter: Mukantwari, Nyirabuhinja und Nyiramajyambere, die allein im Dorf zurückblieben, während die anderen Kinder zur Schule gingen. Auf dem Rückweg von der Schule riefen die Frechsten unter ihnen »*Abapagani! Abapagani!*«, sobald sie an einem Haus vorbeikamen, wo Mädchen wohnten, die keinen christlichen Namen trugen. Sonntags blickten die Mädchen betrübt auf die Menge in ihren Sonntagskleidern, die erst die erste, dann die zweite, dann die dritte Messe besuchte. Doch wie alle anderen hielten auch Ngoboka und seine Familie die Sonntagsruhe ein. Am Tag des Herrn sah man sie nicht auf dem Feld arbeiten.

Stefania hatte Mitleid mit diesen armen Kindern, die durch die Unwissenheit ihres Vaters aus der Gesellschaft ausgegrenzt und von den Segnungen der Zivilisation abgeschnitten waren. Im Einvernehmen mit den anderen Frauen wollte sie sich zunächst um Nyiramajyambere kümmern. Bei Nyiramajyambere, dem »Mädchen des Fortschritts«, deutete schon der Name, könnte man meinen, auf ihre Bestimmung hin. Mama machte sich auf und besprach mit Apollinaire Rukema, dem Katecheten, die Taufe. Das Mädchen wurde rasch in den christlichen Wahrheiten unterrichtet. Stefania erklärte sich gern bereit, ihre Patin zu werden, und Nyiramajyambere erhielt bei ihrer Taufe den schönen Namen Gloriosa. Es blieb nur noch, Bukuba, den Lehrer, dazu zu überreden, er möge ein Mädchen das zehn, vielleicht zwölf Jahre alt war, in die Klasse mit viel jüngeren Kindern aufnehmen. Bukuba war unschlüssig. Zahlreiche Abordnungen der Frauen überwanden schließlich sein Zögern: Gloriosa durfte die Schule besuchen. Stets konnte sie auf Stefanias Unterstützung zählen, und Letztere, die des Lesens und Schreibens nicht kundig war, pries die Vorzüge, die das Lesen bietet, während mein Vater seine Bibel aufschlug und ihr beibrachte, ein paar Worte zu buchstabieren. Wie die meisten Schülerinnen und Schüler aus Nyamata wurde sie nicht zur Zugangsprüfung für die Sekundarschule zugelassen, aber Felicitas, die Tochter von Marie-Thérèse, brachte sie in ihrem Kloster unter. Sie lernte nähen, wurde in die »zivilisierte« Küche eingeführt und eignete sich noch etwas Französisch an. Ihre Schwestern traten in ihre Fußstapfen und fanden sogar Arbeit in Kigali. Im Laufe eines Gesprächs mit meinem Vater ließ Stefania die Bemerkung einfließen: »Siehst du, ganz ohne den Rosenkranz ist es mir gelungen, die Heiden zu bekehren. Vielleicht hatte Ryangombe seine Hand im Spiel, wer weiß das schon …«

⋆

Wenn im *ikigo* über Suzanne gesprochen wurde, und immer wieder kam die Rede auf sie, dann musste man behutsam zu Werke gehen. Trotz ihres beklagenswerten Rufs vermieden wir jede Anspielung auf ihr vernachlässigtes Haus, ihr armseliges Feld, ihre Kinder, die in Lumpen und von Flohbissen übersät durchs Dorf liefen. Die Nachsicht, die wir ihr gegenüber an den Tag legten, war darin begründet, dass Suzanne in Gitagata eine Aufgabe hatte, die alle für unverzichtbar hielten: Sie vermittelte den jungen Mädchen, die verheiratet werden sollten, die voreheliche Begegnung. Aus diesem Grund waren alle sehr froh, dass Suzanne da war, und selbst wenn sie sie im Geheimen verachteten, zollten sie ihr doch auch großen Respekt, in den sich immer ein wenig Angst mischte.

Über Suzanne zu sprechen bedeutete, auf die eine oder andere Weise, über Sex zu sprechen. Das Thema Sex war ein absolutes Tabu. Die Worte, die sich darauf bezogen, wurden niemals laut ausgesprochen. Natürlich kannten wir diese Worte, und doch hatten wir sie noch nie gehört. Ich frage mich, wie eine jede davon Kenntnis erlangt hat. War es der Teufel, Ryangombe selbst, wie die Pater gesagt hätten, der sie uns ins Ohr geflüstert hatte? Wie auch immer, die Geschlechtsorgane der Mädchen waren jedenfalls Gegenstand größter Besorgnis. In Ruanda wurde nicht wie in anderen afrikanischen Gesellschaften die Beschneidung praktiziert. Im Gegenteil, dieses kostbare Loch, aus dem die Kinder kommen, galt als unbedingt schützenswert. Vom frühesten Alter an wurde es bedeckt gehalten und auf natürliche Weise verteidigt. Lange Zeit blieb das kleine Mädchen in nächster Nähe seiner Mutter, als wäre es ihr Schatten. Wenn sie aber ungefähr zehn Jahre alt war, sagte die Mutter zu ihrer Tochter: »Geh zur Nachbarin, sie hat dir etwas zu erzählen, frag deine älteren Freundinnen, sie wissen, was zu tun ist, frag Speciosa, in ihrem Alter sollte sie es wissen.« Sie sagte nichts weiter. Es war nicht ihre Aufgabe, ihre Tochter einzuweihen. Das machten die Mädchen unter sich aus. Sie zogen die großen Lippen der Vulva auseinander und falteten sie zu einer fest verschlossenen Muschel wieder zusammen. Ich schreibe Worte, die eine ruandische Frau weder aussprechen noch hinschreiben darf. Aber es sind ja französische Wörter, und vielleicht unterliegen sie nicht dem Tabu.

Vor der Hochzeit ließen die Mädchen sich von Suzanne untersuchen. Sie waren in Sorge. Man hatte ihnen die Geschichte von Margarita erzählt, und es hieß, sie sei deswegen verstoßen worden. Sie war tief beschämt von ihren Schwiegereltern zurückgekehrt, die auf der anderen Seite des Nyabarongo zu Hause waren. Jetzt lebte sie zurückgezogen, ganz allein in einer winzigen Kate. Man sah sie nur auf ihrem Feld, hinter der Kate.

Die Mädchen kamen nachts, um Suzanne zurate zu ziehen. Sie brachten ihr Geschenke mit. Ich weiß nicht, ob das die Diagnose beeinflusst hat; auf jeden Fall gingen die meisten von ihnen beruhigt wieder fort: Suzanne hatte bestätigt, dass sie den Anforderungen der Tradition gerecht wurden.

Im *ikigo* sprachen die Frauen nicht offen über diese Praxis, aber wenn Suzannes Name genannt wurde, wussten alle, worum es ging.

⋆

Auch Fortunatas Krankheit war in den Unterhaltungen der Frauen lange Zeit Thema. Fortunata gehörte zu einer sehr angesehenen Familie aus Gitagata. Die beiden älteren Brüder, die schon verheiratet waren, übten Berufe aus, die ihnen hohes Prestige einbrachten: Der eine war Rukema, der bereits erwähnte Katechet, der andere, Haguma, war Hausangestellter bei einem der belgischen Agronomen in Karama. Speciosa, die Jüngste, arbeitete in Kigali für die Weißen. Eingeweiht in die unergründlichen Mysterien des Gottes der Missionare oder die seltsamen Bräuche der Europäer, wurden sie umstandslos in die begehrte Kategorie »entwickelt« eingestuft. Fortunata war in Gitagata geblieben und kümmerte sich um Cecilia, die alte und fast vollständig auf Hilfe angewiesene Mutter. Sie war ein tapferes Mädchen. Ihre unermüdliche Tatkraft war Gegenstand allgemeiner Bewunderung. Man sagte nicht »bei Cecilia«, sondern »bei Fortunata«. Mütter mit einem Sohn im heiratsfähigen Alter schmiedeten großartige Pläne für ihre Zukunft. Glücklich wäre die, deren Schwiegertochter sie werden würde!

Und dann verschwand Fortunata eines Tages. Wir sahen sie weder auf dem Feld noch auf dem Weg am See und nicht einmal mehr sonntags nach der Messe. Die Mädchen sagten, dass sie nicht mehr mit den anderen zusammenkam, um sich ihre *amasunzu* frisieren zu lassen. Wir machten uns Sorgen um sie, uns fiel auf, dass sie das Haus nicht mehr verließ, wir erfuhren, dass sie sich weigerte, von ihrer Matte aufzustehen, dass sie am ganzen Körper zitterte, Tag und Nacht stöhnte, ohne zu offenbaren, unter welchen Schmerzen sie litt, aber ständig den Namen Theoneste vor sich hin sagte, einen Namen, den es in Gitagata noch nie gegeben hatte. Alle Frauen waren sich darin einig, dass es sich um eine sehr merkwürdige Krankheit handelte, die in Gitagata gänzlich unbekannt war, ebenso in Ruanda, wenn man den ältesten Erinnerungen glauben sollte. Wir haben auch nicht verstanden, warum die alte Mutter nicht kam und sich Rat holte: Wenn sich alle zusammengetan hätten, wären den Frauen sicher Pflanzen oder Zaubermittel in den Sinn gekommen, die Fortunata geheilt hätten.

Ich weiß nicht, wer dem Namen der unbekannten Krankheit auf die Spur kam und wie sich die Neuigkeit im Dorf und in der Umgebung verbreitete. Fortunatas Krankheit war die Liebeskrankheit. Liebeskrankheit, noch nie hatten wir von einer solchen Krankheit gehört! Wo hatte Fortunata sich angesteckt? Liebe, das konnte nur eine

Krankheit der Weißen sein. Aber was konnte man gegen eine Krankheit der Weißen tun? Speciosa wurde beschuldigt, sie aus Kigali mitgebracht zu haben, und als sie heim nach Gitagata kam, wurde sofort eine Quarantäne über sie verhängt. Die Liebeskrankheit sollte sich auf keinen Fall ausbreiten. Man ging davon aus, dass die jungen Mädchen am meisten gefährdet waren. Die Mütter stellten sie unter strenge Aufsicht und verboten ihnen auszugehen. Kindern, insbesondere kleinen Mädchen, war es verboten, den Pfad, der an Fortunatas Haus vorbeiführte, entlangzulaufen. Um zur Schule zu gelangen, wurde ein neuer Weg angelegt, der auf einem langen Umweg das verfluchte Anwesen umging. Die Liebeskrankheit war das einzige Gesprächsthema. Selbst die Männer hatten eine Meinung dazu, und die Kinder komponierten Lieder, die sie lauthals, aber in einiger Entfernung von Fortunatas Haus sangen: »*Indwara y'urukundo! Indwara y'urukundo!* Es ist die Liebeskrankheit! Es ist die Liebeskrankheit!«

Fortunatas Brüder versetzte der Skandal um die Krankheit ihrer Schwester in helle Aufregung. Sie hörten sich um, um den Hexer zu enttarnen, der die arme Fortunata mit dem bösen Zauber belegt hatte. Nach vielerlei Nachforschungen waren sie überzeugt, dass es sich bei dem übelwollenden Zauberer um einen gewissen Theoneste handelte, der weit von Gitagata entfernt, über Nyamata hinaus, am Ufer des Nyabarongo wohnte. Die Brüder suchten ihn auf und erklärten ihm mit allem Nachdruck, dass er, da er ihrer unglücklichen Schwester die schreckliche Liebeskrankheit angehext hatte, alle Konsequenzen daraus zu tragen habe, das heißt, er müsse Fortunata zu sich nehmen und sich in dem Zustand, in den er sie mit seinem abscheulichen Gift gebracht hatte, um sie kümmern. Ob unter Zwang oder freiwillig, Theoneste hatte keine andere Wahl, als sein Einverständnis zu dem zu erklären, was die beiden Brüder von ihm verlangten. Fortunata wurde schnellstens zu ihm geschickt, und wie später berichtet wurde, erlangte sie ihre Gesundheit wieder.

Fortunatas Fortgehen löste in Gitagata große Erleichterung aus. Die scheußliche Liebeskrankheit war ausgerottet. Junge Mädchen konnten wieder von ihrer zukünftigen Heirat träumen und die Mütter den jungen Mann für ihre Töchter aussuchen, den sie für die beste Partie hielten.

★

»Ich habe die arme Claudia wieder vorbeigehen sehen«, sagte Stefania, »in ihrem Alter trägt sie noch immer ihre *amasunzu*; wir müssen etwas für sie tun.« Wenn sie Mädchen, die keinen Mann finden konnten, einen Ehegatten vermitteln wollten, scheuten die Frauen des *ikigo* nicht davor zurück, die hinterlistigsten Fallstricke auszulegen. Dies war bei Claudia der Fall.

Claudia hatte ihre Mutter verloren. Als einzige Tochter musste sie sich um ihren alten Vater kümmern, der nicht mehr auf dem Feld arbeiten oder das Anwesen in Ordnung halten konnte. Aber Claudia war unerschrocken, und vor allem besaß sie eine ungewöhnlich große Vitalität. Wenn sie Wasser holen ging, trug sie Krüge auf dem Kopf, die kein Mann hätte heben können. Ihre massiven Oberschenkel, ihre behaarten Beine und ihr majestätischer Gang, der mit dem eines Elefanten verglichen wurde, riefen Bewunderung hervor. Ihre breiten Hüften versprachen eine reiche Fruchtbarkeit. Auch wenn ihr Körperbau nicht Punkt für Punkt dem ruandischen Schönheitskanon entsprach, fragten wir uns, warum die Jungen immer einen Vorwand fanden, ein Mädchen zu verschmähen, das so offensichtlich gebaut war, den Boden zu beackern und viele Kinder zu gebären. Aber wir ahnten den Grund für ihre Zurückhaltung: Claudias Mutter war nach einer langen Krankheit gestorben, die sie an ihr Haus gefesselt hatte. Eine solche Krankheit, die sie augenscheinlich im Dorf nicht bekannt machen wollte, konnte nur durch den bösen Zauber eines Hexers verursacht worden sein. Die Leute hatten Angst, dass der Fluch sich auf die ganze Familie legen und auch Claudia und ihre Kinder nicht verschonen würde. Niemand brachte den Mut auf, sich einem solchen Fluch zu stellen.

Claudia stand also ohne Mann da. Wie andere auch hätte sie nach Kigali gehen können. Jede kehrte aus Kigali mit einem Ehemann zurück. Aber Schamlosigkeit war Claudia fremd, und Francisco, ihr Vater, achtete streng auf die Einhaltung der Tradition. Im Dorf war er als ein Mann bekannt, der leidenschaftlich seine Ehre verteidigte, und es hieß, dass er seiner Frau geschworen hatte, kompromisslos über die ihrer einzigen Tochter zu wachen.

Jahre vergingen, und Claudia hatte immer noch keinen Mann. Die Frauen von Gitagata beschlossen, dass es höchste Zeit war, zu handeln und ihr einen Ehemann zu suchen. Ihre Wahl fiel auf Karangwa. Er war ein alter Junggeselle, aber immer noch eine gute Partie, denn er arbeitete in Karama, als Hausangestellter oder als Gärtner, das weiß ich nicht mehr. Für einen Junggesellen war es ungewöhnlich, aber er wohnte nicht mehr bei seinen Eltern, sondern allein, in einem eigenen Haus. Sicherlich auch aus diesem Grund hatten die Frauen ihn ausgewählt.

Karangwa arbeitete nämlich die ganze Woche in Karama. Wie mein Bruder Antoine kam er nur am Samstag nach Gitagata und brach am Sonntag wieder auf. So war es den Frauen möglich, ihren machiavellistischen Plan auszuarbeiten und in die Tat umzusetzen.

Claudia billigte den Schachzug und ließ sich, wie es scheint, ohne den geringsten Skrupel darauf ein. An einem Samstag schmuggelten die Frauen Claudia in Karangwas Haus, bevor er eintraf. Claudia verbarg sich in der finstersten Ecke: Es war unwahrscheinlich, dass Karangwa sie entdecken würde, wenn er, nachdem er mit den anderen Junggesellen einige Krüge Bier geleert hatte, heimkam. Die ganze Nacht kauerte Claudias sich in ihr Versteck, bewegte sich nicht, atmete kaum, bis im Morgengrauen eine Nachbarin an Karangwas Tür klopfte. Ihr Blick fällt als Erstes auf Claudia, die aus ihrer dunklen Ecke hervorgekrochen ist und gut sichtbar neben Karangwas Bett Aufstellung genommen hat. Wie vereinbart, beginnt die Nachbarin aus Leibeskräften zu schreien: »*Jemwe! Mamawe!* Karangwa hat Claudia entführt! Karangwa hat Claudia entführt!« Und auf ihr Geschrei hin stürzen alle aus ihren Häusern. Vor Karangwas Haus bildet sich rasch eine Menschenmenge, die lauthals ruft: »Karangwa hat Claudia entführt! Er hat Claudia entführt!« Die Frauen trillern ihr Yiiiiii! Yiiiiii! Francisco läuft hinzu. Er fordert Karangwa auf, seine Tochter zu heiraten. Sie ist in seinem Haus überrascht worden und hat die Nacht bei ihm verbracht. Das ganze Dorf ist Zeuge, dass er Claudia entführt hat. Karangwa stammelt etwas. Aber es ist zu spät, die Krüge mit Bier werden schon herbeigebracht, die Verschwörerinnen singen schon Elogen auf die zukünftige Braut, und die Mädchen haben schon zu tanzen begonnen. Claudias Vater und Karangwas Familie nehmen die Sache in die Hand. Die Traditionen werden eingehalten, und Claudia bekommt einen Ehemann. Nun muss nur noch die Hochzeit gefeiert werden!

★

Eine der größten Sorgen der Frauen war fraglos die Schwangerschaft. Ein Kind zu haben, das hieß, endlich die Wertschätzung, Achtung und Macht zu erlangen, die sich jede Frau erhoffte. Von einer frischgebackenen Ehefrau erwartete man, dass sie möglichst schnell schwanger wurde. Erfüllte sich diese Hoffnung nicht sofort, wurde der Ehemann von quälender Unruhe erfasst, er spürte, wie die anderen Männer ihn verachteten und die Klatschbasen ständig über ihn herzogen. Bald wurde ihm diskret geraten, sich von dieser mit Sicherheit unfruchtbaren Frau zu trennen. Außerdem waren Schwangerschaften in Ruanda manchmal Vagabundinnen, sie blieben nicht an Ort und Stelle, sondern wanderten zu allen Körperteilen der zukünftigen Mutter. Die junge Frau verkündete ihrem Mann: »Ich bin schwanger, aber das Baby hat sich in meinem Rücken versteckt.« Dieses seltsame Phänomen rührte vielleicht von einem bösen Fluch her, mit dem ein Hexer sie belegt hatte, wer weiß, vielleicht auch von einer eifersüchtigen Nachbarin oder einer Verwünschung, die von weiter weg stammte, jedenfalls überraschte das niemanden, das Baby wanderte durch den ganzen Körper seiner Mutter, in den Rücken, in den Nacken, an das Knie … Man machte sich nicht allzu viele Sorgen: Eines Tages würde es schon an die richtige Stelle zurückkehren.

Die Wanderschaft des Babys konnte ein paar Monate, längstens zwei Jahre dauern, aber bei Madame, Nakeretis Frau – ihr seltsamer Name, und es war wirklich ihr Name, kein Spitzname, zu dem noch ihr verdächtig blasser Teint kam, sorgte für viel Gesprächsstoff: »Noch eine«, seufzte Stefania, »deren Mutter eine ganze Nacht hindurch gebeichtet hat« –, zählten die Frauen: »Wir ernten jetzt zum fünften Mal die Hirse, seit Madame schwanger ist, und das Baby ist immer noch nicht da!« Sie kamen zu der Auffassung, dass Madame und ihre endlose Schwangerschaft ihnen allen gefährlich werden konnte. Eine fünfjährige Schwangerschaft war nicht möglich! Es musste ein überaus mächtiger Fluch sein, der Madame getroffen hatte, sie durften sich ihr keinesfalls nähern, mussten ihr um jeden Preis aus dem Weg gehen, sie meiden, wenn sie ihr begegneten. Das unglückliche Paar fand sich in Quarantäne geschickt, weil sich die Männer über Nakereti lustig machten, der seiner Frau immer vertraute und naiv darauf wartete, dass sich das Baby wieder im Bauch einnistete, den es nie hätte verlassen dürfen. Manch einer vermutete, dass auch er an der schrecklichen Liebeskrankheit litt. Stefania und andere waren nicht dieser Meinung. Sie erinnerten vielmehr daran, dass das Haus von Madame und Nakereti an das Haus von Tito angrenzte, dem Ladenbesitzer, den die Soldaten 1963 zusammen mit anderen verhaftet hatten. Sie hatten auch Apollinaire, seinen kleinen Sohn, mitgenommen, ihn und seinen Vater auf den Lastwagen geworfen. Madame hatte alles mit angesehen und gehört. Das Baby, so Stefania, hatte den Schrecken seiner Mutter gespürt. Er hatte es nicht eilig, auf die Welt zu kommen. Auf eine Welt, in der Kinder getötet wurden.

Wir haben nie erfahren, ob Madame das wandernde Baby schließlich zur Welt brachte, denn nach den Massakern von 1967, bei denen so viele junge Menschen ermordet wurden, gelang ihnen die Flucht nach Burundi. Wir haben nie wieder etwas von ihnen gehört ...

★

Die Vergewaltigungen. Niemand wollte darüber sprechen. Niemand konnte darüber sprechen. Die Tradition lieferte keinerlei Handhabe, mit einer solchen, die Familien erschütternden Katastrophe umzugehen. Früher, »in Ruanda«, wenn eine junge Frau vor der Heirat schwanger wurde, verbarg man sie, sie verschwand, es hieß, sie sei nach Kigali gegangen oder noch weiter weg, nach Burundi, nach Usumbura, wie man damals sagte. Auf jeden Fall sollte sie nicht im Elternhaus gebären. Es war weniger eine moralische Verurteilung der Unglücklichen als vielmehr die Befürchtung, dass das Übertreten der Regeln, die das harmonische Zusammenwirken in der Gesellschaft sicherstellten, der Familie und der ganzen Gemeinschaft eine Reihe von Unglücken bescheren könnte, die die Fruchtbarkeit der Felder ebenso beeinträchtigen würden wie die Fruchtbarkeit der Frauen und Kühe. Die junge Frau und ihr Baby kehrten meist zu ihrer Familie zurück, aber immer blieben Misstrauen und Besorgnis gegenüber einem Kind bestehen, das abseits der Normen geboren wurde, die alle Ruander hochhielten.

Aber die Tradition, was sagt die Tradition, wenn eure Töchter den Jugendlichen der Einheitspartei zum Opfer fallen, denen eingehämmert wurde, dass die Vergewaltigung von Tutsi-Mädchen ein revolutionärer Akt ist, ein

Recht, das sich die Mehrheitsbevölkerung erworben hat? Wer wird die erdrückende Last des Unglücks tragen, das man vergeblich zu verbergen sucht: die ledige Mutter, die zur lebendigen Verfluchung geworden ist, die gemieden wird und sich vor Verzweiflung in die Einsamkeit flüchtet, die Familie, die vom ganzen Dorf unmerklich auf Abstand gehalten und von Gewissensbissen gequält wird, weil sie eine der Ihren nicht hat beschützen können, und schließlich das Kind, das Kind des Hasses, welches Unheil wird es heraufbeschwören?

Vivianes Vergewaltigung war der Anlass dafür, dass die Frauen die bis dahin von der Tradition aufgezwungenen Verhaltensweisen in Zweifel zogen. Viviane war noch sehr jung, noch ein Teenager. Die Mütter stellten sie ihren Töchtern, die sich emanzipieren wollten, als Vorbild der Sittsamkeit hin. Sie war so unvorsichtig, allein Wasser aus dem Cyohoha-See zu holen, als die Parteijugend mit ein paar Kästen Bier in ihrem Lager weilte und die Freizeit damit verbrachte, sich ihrer gegen die Tutsi verübten Teufeleien zu brüsten und weitere auszuhecken. Als Vivianes Mutter bemerkte, dass ihre Tochter nicht heimkam, alarmierte sie die anderen Frauen, die umgehend die Männer alarmierten. Die Männer suchten den Weg nach Cyohoha ab. Kurz vor dem See fiel ihr Blick am Wegesrand auf Vivianes zerbrochene Kalebasse, und etwas weiter in einem Dickicht entdeckten sie das blutüberströmte Mädchen. Ihr Körper wies überall Prellungen auf, und die Vergewaltigung war offensichtlich. Sie holten die Trage aus geflochtenen Bambuszweigen, in der Schwerkranke oder Verstorbene transportiert werden. Zwei Männer trugen sie auf ihren Schultern. Sie liefen durch das ganze Dorf. Alle konnten Viviane in ihrem Blut sehen, das die *pagne* rötete. Es gab nichts zu verheimlichen.

Im Dorf herrschte große Bestürzung. Man flehte die Jungfrau Maria und Ryangombe gemeinsam an. Natürlich beweinte man Viviane, machte sich aber auch Sorgen über die Schicksalsschläge, die die Bevölkerung von Gitagata umso grausamer treffen würden, da die Vergewaltigung für alle sichtbar war.

Doch dieses Mal waren Solidarität und Mitleid stärker als die Konvention. Viviane und ihre Familie wurden nicht alleingelassen und nicht aus der Gemeinschaft verbannt, wie es die Tradition verlangt. Stefania und einige andere Frauen behandelten die Wunden; sie heilten, aber bald stellte sich heraus, dass Viviane schwanger war. Die Frauen aus dem Dorf kümmerten sich weiterhin um sie und standen ihr mit Rat und Tat zur Seite. Sie gebar ihr Kind zu Hause. Die alten Frauen, die bei einer Niederkunft immer gerufen wurden, leisteten Viviane Beistand, die ein hübsches Baby, einen Jungen, zur Welt brachte.

Die Frauen waren aber nach wie vor davon überzeugt, dass der Fluch, mit dem Viviane und ihr Kind zweifellos belegt waren, abgewendet werden musste. Darüber wurde in den hinteren Höfen lange beraten. Ich duckte mich hinter den Termitenhügel und machte mich ganz klein, damit ich den Debatten folgen konnte. Mama wiederholte einen ihrer Lieblingssprüche: »Wasser reinigt alles.« Und mit der Zeit kam die Versammlung überein, dass die feierliche Reinigung der erfolgversprechendste Ritus war: Viviane und ihr Kind würden am ganzen Körper sorgfältig gewaschen werden.

Aber welches Wasser besaß die reinigende Kraft, die

stark genug war, das Böse auszutreiben, das zusammen mit der Vergewaltigung die junge Mutter und ihr Kind befallen hatte? Das schändliche Wasser des Cyohoha-Sees war offensichtlich nicht geeignet. Regenwasser schien unwirksam zu sein. Letztlich kam nur das reinigende Wasser aus der Rwakibirizi-Quelle infrage. Das war die einzige Quelle in der Bugesera, und sie versiegte nie. Das Wasser quoll brodelnd heraus, als käme es tief aus den Eingeweiden der Erde. Die Quelle war in der Urgeschichte Ruandas entstanden. Auf seiner Rückkehr aus dem Exil hatte Ruganzu Ndori, einer der Gründerkönige Ruandas, in Rwakibirizi Halt gemacht, und das Wasser sprudelte hervor, sobald er seine Lanze in den Boden stieß. Der König brachte Fruchtbarkeit und Überfluss: Dem Wasser von Rwakibirizi, geboren aus der Macht des Herrschers, wohnte die Kraft inne, jeden Fluch zu überwinden.

Um das geheiligte Wasser zu schöpfen, wurden zwei sehr junge Mädchen ausgewählt, die noch Jungfrauen und für ihre Sittsamkeit bekannt waren. Sie erhielten zwei große Milchkannen, in denen sonst Butter gemacht wurde (und es war nicht leicht, bei uns, die wir keine Kühe mehr hatten, solche Kannen aufzutreiben!), mit auf den Weg. Die Frauen begleiteten sie: Sie sangen die ganze Zeit Loblieder auf Ruganzu Ndori, verstummten aber vorsichtshalber, wenn sich jemand im Vorbeigehen näherte.

Die Frauen legten den Ablauf der Zeremonie genauestens fest. Sie konnte nur im Busch stattfinden, dort, wo die Geister zu Hause sind. Und die treten an Wegkreuzungen am liebsten in Erscheinung. So wählten die Frauen eine Kreuzung, die vor neugierigen Blicken geschützt und mit hohen Gräsern bewachsen war.

Am vorgesehenen Tag machten sich die Frauen, Viviane und ihr Kind auf in die dunkle Nacht. Der Ritus musste zur richtigen Zeit vollzogen werden, das heißt, bevor die Sonne aufgeht, wenn der Himmel aber schon vom ersten Morgenlicht erhellt wird. Ich habe an der Zeremonie nicht teilgenommen: Ich durfte meine Mutter nicht begleiten. Ich war zu jung und wahrscheinlich zu schwatzhaft. Es ist nicht gut, die Geheimnisse auszuplaudern, die die Tür in die Welt der Geister öffnen. Außerdem brachten die Zelebrantinnen die Kannen nicht zurück ins Dorf, vielmehr versenkten sie sie schleunigst im Schlick des Sumpfs.

Das Wasser aus Rwakibirizi hatte den Fluch, der durch Vivianes Vergewaltigung auf dem Dorf lastete, tatsächlich gebannt: Niemand zweifelte daran. Es kam sogar dazu, dass ein Willkommensfest für das Kind veranstaltet wurde, von dessen Vater man nichts wissen wollte. Es war nicht *ubunyano*, Vivianes Sohn war schon zu alt, aber er erhielt einen Namen: Umutoni – Er-ist-mit-uns –, und alle Kinder von Gitagata betrachteten ihn von da an als ihren Bruder. Wenn Viviane nun auch zu den ehrenwerten Frauen gehörte, blieb ihr Status doch ungewiss. Sie war kein Mädchen mehr, sie konnte keine *amasunzu* tragen, und sie war auch keine verheiratete Frau: Sie galt daher als Witwe, und nur ein Witwer könnte sie heiraten.

1994 war Vergewaltigung eine der Waffen der Völkermörder. Die meisten von ihnen waren mit Aids infiziert. Und all das Wasser von Rwakibirizi und aus sämtlichen Quellen Ruandas hätte nicht ausgereicht, um die Opfer »reinzuwaschen« von den schändlichen Perversionen, die sie über sich ergehen lassen mussten, und von der Verleugnung als Überträgerinnen des Todes, die für sie mit gesellschaftlicher Zurückweisung einherging. Doch in ihnen selbst und in dem Kind der Vergewaltigung fanden sie die lebensvolle Quelle der Courage, die Kraft, zu überleben und den Absichten ihrer Mörder zu trotzen. Ruanda ist heute das Land der Mütter Courage.

SPRECHEN DIE GEISTER der Verstorbenen in unseren Träumen zu uns? Ich würde es so gern glauben. Ich halte den Albtraum, der mich seit einiger Zeit nachts bedrängt, in meinem Buch fest.

Plötzlich springt die Klassenzimmertür auf, und ein Strom von Schulkindern ergießt sich nach draußen, Mädchen in blauen Kleidern, Jungen in kakifarbenen Hosen und Hemden. Sie bilden eine lange, schweigende Kolonne, aber anders als sonst laufen sie nicht auseinander, als sie aus dem kleinen Eukalyptuswald kommen, der den Schulhof vom staubigen Marktplatz trennt. Sie alle gehen die Piste entlang, die zum Militärcamp in Gako an der Grenze zu Burundi führt. Ich möchte sie fragen: »Wohin geht ihr, Kinder? Warum geht ihr nicht nach Hause?«, aber ich weiß, dass ich die Antwort kenne, denn ich befinde mich inmitten der Mädchen, ich, Mukasonga, gehe neben Candida, meiner Freundin, und vor mir und hinter mir sind Immaculata, Madeleine, Speciosa und auch Alphonsine und Viviane ...

Ich weiß, dass wir Blumen pflücken wollen, denn der Pater hat uns am Ende der Messe dazu aufgefordert: »Am nächsten Sonntag ist das Fest des Allerheiligsten Sakraments, wir brauchen Blumen für den Altar und viele Blumen für die Prozession.« Und Kenderesire, die Katechetin, wiederholte am Ende des Religionsunterrichts: »Ihr müsst Blumen pflücken gehen, weiße Blumen für den Altar unseres lieben Gottes, und wir brauchen eine Menge Blütenblätter für die Marienprozession.« Und Désiré, der Lehrer, hat uns, bevor er das Klassenzimmer verließ, noch einmal daran erinnert: »Auf keinen Fall dürft ihr vergessen, dass ihr Blumen für den Altar unseres Herrn pflücken müsst und für den Blütenteppich, den ihr vor den goldenen Strahlen der Monstranz in die Luft werft.«

Nun sind die Kinder am Fuße eines hohen Hügels. Dort ist alles weiß. Der Hügel ist mit weißen Blumen bedeckt. Die Kinder laufen, laufen den Abhang hinauf. Ich kann ihnen nicht folgen. Ich bin kein kleines Mädchen mehr. Ich rufe: »Geht nicht auf den Hügel, da sind nur spitze Steine: Das ist Rebero, wo sie getötet worden sind.« Die weißen Blumen beugen sich, wenn die Kinder vorbeigehen. Sie ächzen, klirren, klappern und knistern wie trockenes Holz. Ich halte mir die Ohren zu. Ich rufe: »Kommt zurück, Kinder, kommt zurück!«

In der Kirche tragen die Kinder Sträuße, Bouquets, Blumen, Gebinde aus weißen Zweigen. Ich sage zu den Kindern: »Das sind keine Blumen, die ihr da gepflückt habt.«

»Nein«, antwortet mir Candida, »sieh genau hin, was wir vor den Altar Jesu und vor die Marienstatue legen.«

Zu Füßen des Altars Jesu und der Marienstatue türmen sich die Knochen: Der Kirchenboden ist übersät mit den Skeletten der Männer, Frauen und Kinder von Nyamata.

»Erkennst du sie?«, fragt mich Candida. »Sieh genau hin, sie sind da, und ich liege da zusammen mit ihnen und den Deinen und Stefania, erkennst du sie alle?«

Candida ist nur noch ein immer dunkler werdender Schatten und ihre Stimme nur noch ein entferntes Echo: »Hast du eine *pagne*, die groß genug ist, um sie alle zu bedecken … um uns zu bedecken … uns alle?«

Die Originalausgabe erschien 2008 unter dem Titel *La femme aux pieds nus* bei Editions Gallimard, Paris.

Lektorat: Annemarie Friedli
Umschlaggestaltung: Magdalene Krumbeck
Satz: Graphium Press
Druck: CPI books GmbH, Leck
ISBN 978-3-7795-0678-2
www.peter-hammer-verlag.de